SVLTO

Pierre wird von seinem älteren Bruder Jean und dessen Frau Jeanne zu einem Segeltörn vor der Küste Neapels eingeladen. Er kommt in Begleitung seiner neuen Freundin Lone zum vereinbarten Treffpunkt am Hafen, der Himmel ist weit, ach, das wird bestimmt wunderbar! Doch Pierre ahnt schon, wie trügerisch die Harmonie ist und dass ihn alles andere als ein harmloser Ausflug zu viert erwartet.

Seine Affäre mit der Gattin des großen Bruders ist zwar schon einige Jahre her und fast vergessen, aber auf dem kleinen Boot vor der Kulisse von Capri kann man sich kaum aus dem Weg gehen …

Vincent Almendros

Ein Sommer

Auch eine Liebesgeschichte

Aus dem Französischen von Till Bardoux

Verlag Klaus Wagenbach   Berlin

Ein Wind kommt auf, versuchen wir zu leben.

Paul Valéry

Sagen wir es so: Für meinen Bruder war Segeln ein Kindheitstraum.

Diesen Sommer hatte er mich auf sein Segelboot eingeladen, um ein paar Tage auf dem Meer zu verbringen. Das Einfachste sei, hatte er zu mir gesagt, wenn Lone und ich einen Nachtzug nähmen, um sie am Morgen des 3. in Neapel zu treffen. Ich hatte nicht verstanden, was daran einfach war.

Ich bräuchte mir keine Sorgen machen, Jeanne und er würden uns am Hafen erwarten. Dieser befände sich am Fuße einer Burg, ich könne ihn nicht verfehlen.

Als Lone und ich kurz nach neun Uhr dort ankamen, entschieden wir, auf der anderen Seite der Schnellstraße zu warten. Wir stellten unsere Taschen vor den Buden der Reedereien ab, an deren Scheiben kleine Werbeplakate für Dienstleistungen auf den stadtnahen Inseln hingen. Über uns war in großen, schwarzen Lettern die Inschrift »Porto di Napoli« zu lesen. Ich drehte mich um und schaute noch einmal hinauf zur Burg. Wir sind richtig, sagte ich zu Lone, es ist hier.

Sie hatte sich gerade auf ein paar Stufen gesetzt und fächelte sich mit dem zusammengefalteten Stadtplan von Neapel Luft zu. Sie lächelte mich an, ohne etwas zu sagen. Sie war müde. Ihr war heiß. Auf ihren Nasenflügeln glitzerten Schweiß-tröpfchen. Ich lächelte ihr auch zu. Es war die erste Reise, die wir gemeinsam unternahmen, und ich wollte nicht, dass sie dachte, man könne sich mit mir verlaufen.

Ich öffnete einen Knopf meines Hemdes und drehte mich um zu den Piers, wo geduldig eine imposante weiße Fähre wartete. Es gab hier keine einzige Yacht. Ich schaute auf meine Uhr. Ich fragte mich, wo mein Bruder war.

Zwanzig Minuten, in denen wir in der Sonne warteten, mussten vergangen sein, als schließlich in meiner Hosentasche das Telefon zu vibrieren begann.

Wo seid ihr?

Hier, im Hafen, sagte ich, vor der Burg.

Mein Bruder war auch da, im Hafen, vor der Burg. Er wartete auf uns.

Ich sah ihn nicht.

Ich sehe dich nicht, sagte er mir.

Ich schaute mich nach ihm um.

Wo bist du denn?

Hier, beharrte er.

In Wirklichkeit befand sich mein Bruder eine gute Viertelstunde entfernt. Um zu ihm zu gelangen, müssten wir zu Fuß die Via Ammiraglio Ferdinando Acton entlanglaufen, dürften dann, nach den Giardini del Molosiglio, auf keinen Fall den Tunnel nehmen, sondern müssten nach links zur Meerseite abbiegen, auf die Via Nazario Sauro, diese geradeaus immer weitergehen, und schon wären wir am Ziel, es sei nicht kompliziert, der Hafen befände sich da, Via Partenope. Es gebe eine Burg, ich könne ihn nicht verfehlen.

Als ich meine Wange an die seine legte, die von einem dichten, flauschigen Bart bedeckt war, wies ich ihn darauf hin, dass es in Neapel zwei Burgen gab.

Ich weiß, sagte er.

Du hattest es mir nicht gesagt.

Nein, aber ich hatte dir Castel dell'Ovo gesagt, das andere heißt Castel Nuovo.

Das klingt ähnlich, sagte ich.

Das ist nicht schlimm, du wirst es falsch verstanden haben, sagte er und wandte sich, seinen Hut abnehmend, Lone zu. Endlich lernen wir uns kennen, sagte er und küsste sie auf die Wange, und während er über die andere Seite ihres Gesichts herfiel, fragte er sie, ob sie Französisch verstehe. Un peu, antwortete sie lachend.

Ich wollte wissen, was mein Bruder von ihr hielt, einfach so, auf den ersten Blick, doch meine Aufmerksamkeit wurde, ohne dass ich es wollte, auf den Hut gelenkt, den er sich soeben wieder aufgesetzt hatte. Dessen Eleganz – es war eine Art großer Panamahut, um dessen Krone ein schwarzes Band lief – passte nicht recht zu seiner übrigen Aufmachung, seinem weinroten T-Shirt, von dem Fettaugen starrten, seinen abgewetzten Bermudashorts und seinen Flip-Flops. Sieht gut aus, dein Hut, lobte ich. Warte ab, bis du das Boot gesehen hast, erwiderte er stolz.

Das Segelboot meines Bruders wirkte neben den rassigen, stromlinienförmigen Motoryachten, zwischen denen es eingeklemmt war, etwas altmodisch. Der Mast war hoch, doch der Rumpf nicht sehr lang, knappe acht Meter, schätzte ich. Der über Wasser liegende Teil des Rumpfes war nicht mehr richtig weiß, sondern von einem verwitterten, durch die Algen ins Grünliche gehenden Grau. Ich spürte den Blick meines Bruders auf mir ruhen und nickte. Cool, sagte ich.

Ich drehte mich auf der Suche nach einem beipflichtenden Zeugen zu Lone um. Sie nickte ebenfalls und beugte sich unauffällig nach vorn, um einen Blick auf das ölige Hafenwasser zu werfen, auf dessen Oberfläche zwischen kleinen Schaumkuppen eine Plastikflasche und zwei, drei Styroporwürfel schwammen.

Mein Bruder war schon auf sein Segelboot geklettert. Er drehte sich zu Lone um und reichte ihr die Hand, um ihr an Bord zu helfen. Lone zog ihre Ballerinas auf dem Anlegesteg aus und trat mit einem großen Schritt über die Bugreling, ohne einen Angstschrei unterdrücken zu können, der sich in ein nervöses Lachen verwandelte. Alles gut, sagte Jean, um sie zu beruhigen.

Meine ersten Schritte an Bord waren zögerlich. Meine Reisetasche war schwer und brachte mich aus dem Gleichgewicht. Ich musste mich bücken, um ohne mich zu stoßen ins tieferliegende Heck des Segelboots zu gelangen. Dort lüpfte mein Bruder leicht seinen Hut und hieß uns willkommen. Er setzte ein zufriedenes Lächeln auf, das Lächeln eines Eigentümers. Er rieb seinen Bart. Hier ist das Cockpit, sagte er. Ich wischte mir über meine Stirn und musterte den einen Quadratmeter, der uns als Bewegungsraum zur Verfügung stand. An den Längsseiten waren zwei schmale Bänke angebracht. Cool, sagte ich noch einmal und nahm meine Tasche von der Schulter. Hier also, unter freiem Himmel, würden wir den Großteil unserer Zeit verbringen.

Mit vager Neugierde näherte ich mich der Öffnung, die den Eingang zum bewohnbaren Teil des Bootes bildete, und spähte ins Innere. Schau dich ruhig um, sagte mein Bruder zu mir.

Ich setzte einen Fuß auf die erste Treppenstufe. Das Holz knarrte unter dem Gewicht meines Körpers. Drinnen herrschte eine schwere, reglose Hitze. Zu beiden Seiten des Raumes befanden sich zwei weitere Sitzbänke, etwas länger als die draußen. Sie waren mit einem grässlichen, gelb und blau gemusterten Stoff bedeckt, und diverse Kleidungsstücke und Gegenstände lagen darauf herum.

Jean riet mir, unsere beiden Taschen in der Schlafkoje auf Backbord zu verstauen. Wo? Da, links, sagte er, zeigte auf eine bereits von zwei Koffern belegte Nische und reichte mir Lones Tasche. Ich wischte mir noch einmal über die Stirn.

Mir war heiß.

Mein Bruder kam herunter, um mir zu helfen, prüfte mit einem Blick, ob die Taschen gut verstaut waren, und stopfte dann die von Lone etwas tiefer hinein. So, sagte er dann, um mit dem Bootsrundgang zu beginnen.

Lone kam ebenfalls herunter, aber da wir ihr den Durchgang versperrten, war sie gezwungen, auf der zweiten Stufe stehenzubleiben. Sie musste sich bücken, um einen Blick ins Bootsinnere zu werfen.

Es ist nicht sehr groß, aber es ist funktional, verkündete Jean stolz. Ich sah ihn an.

Jeanne ist nicht da?

Nein, sagte er.

Während er mir erklärte, dass Jeanne losgegangen war, um Brot zu kaufen – sie würde gleich wiederkommen –, ging mein Bruder auf die einzige Tür zu, öffnete sie und trat beiseite, um mir den Vortritt zu lassen. Die Kabine, die ich betrat, war belegt von einer Matratze, die sich eng in die V-Form des Vorschiffs schmiegte und auf einem hölzernen Podest ruhte. Die Wände waren mit einer bläulichen Auslegeware verkleidet, die leicht modrig roch, obwohl das Verdeck über dem Bett geöffnet war und ein wenig Luft hereinließ.

Das war, glaube ich, das erste Mal, dass ich an ein Bett trat, in dem mein Bruder und Jeanne geschlafen hatten. Ich zuckte kurz zurück, als ich den Büstenhalter entdeckte, der auf dem Laken herumlag. Er war wohl unabsichtlich vergessen worden, dennoch konnte ich nicht umhin, mir beim Anblick seiner weißen Körbchen aus durchbrochener Spitze vorzustellen, dass Jeanne ihn nicht zufällig hatte liegenlassen.

Schön habt ihr's da, sagte ich beim Herausgehen aus der Kabine, und während ich es sagte, begriff ich, dass ich gerade das einzige Schlafzimmer auf dem Boot verlassen hatte. Lone und ich würden also nicht gemeinsam schlafen, sondern jeder auf seiner Bank, gut einen Meter getrennt voneinander.

So, sagte mein Bruder, um zu verstehen zu geben, dass der Rundgang beendet war, und er nutzte die Gelegenheit, um seinen Hut abzusetzen. Er wedelte mit ihm vor seinem Gesicht, um sich Luft zuzufächeln. Mit einer Hand fuhr er sich durch die Haare. Ah, sagte er, als hätte er etwas außer Acht gelassen, setzte sich seinen Hut wieder auf und zeigte uns in einem an ihr Zimmer angrenzenden Winkel die Toilette. Er stellte klar, dass er uns ihre Funktion später erklären würde, aber es ist nicht kompliziert, sagte er, das System besteht aus einem Ventil und einer Pumpe, die den Inhalt des Beckens ins Meer spült, so hier, man muss pumpen, pumpen, bis das Wasser kommt, seht ihr, aber man muss immer schauen, ob das Ventil, wartet mal, sagte er, als ob es ein Problem gäbe. Ah, jetzt haben wir's, fügte er hinzu und begann, wieder die Pumpe zu betätigen, von oben nach unten. Stimmt, das sieht nicht sehr kompliziert aus, sagte ich.

Draußen war die Temperatur beträchtlich gestiegen. Die Luft war inzwischen zum Ersticken. Ich spürte, wie meine Stirn in der Sonne heiß wurde, und fragte meinen Bruder, der noch unten war, ob er einen Hut habe, den er mir leihen könne. Hast du keinen? Nein, sagte ich. Warte, sagte er. Ich richtete mich wieder auf, und als ich mich umdrehte, sah ich Jeanne auf dem Kai.

Ich wollte sie sogleich mit einem Lächeln empfangen, doch wegen der Spiegelungen auf den Schiffsrümpfen ringsum kniff ich ein Auge zusammen, und mein Lächeln verwandelte sich in eine Grimasse. Wir haben uns schon gefragt, wo ihr steckt, rief sie fröhlich, während sie einen großen Schritt über die Reling machte. Jeanne sagte nie Guten Tag. Sich an einem Tau festhaltend, das vom Mast hing, kam sie nach vorn. Als sie nur noch ein paar Meter von mir entfernt war, fügte sie hinzu, sie sei froh, dass wir da seien.

Jean, dessen Kopf gerade wieder im Freien auftauchte, reichte mir eine Schirmmütze mit den Worten, dass er nichts anderes gefunden habe. Cool, sagte ich. Besser als nichts, berichtigte er, und nachdem er aus Jeannes Händen die Plastiktüte entgegengenommen hatte, verschwand er erneut. Ich betrachtete einen Augenblick die Mütze, doch schon legte sich Jeannes Hand auf meine Schulter. Ich ließ mich von ihr auf die Wange küssen, bevor ich nach der ihren suchte und ihr dabei notgedrungen näherkam. Ihre Haut war braun und übersät von Sommersprossen. Und während ich ihr die andere Wange hinhielt, fragte sie mich, ob ich allein sei.

Nein, nein, antwortete ich ihr eilig, Lone ist auch hier. Ich drehte mich um die eigene Achse, suchte ringsum.

Sie hat sich schlafen gelegt, sagte Jean, dessen Kopf zum zweiten Mal vor uns auftauchte. Er trat beiseite, um uns das Blickfeld frei zu machen. Unten hatte sich Lone tatsächlich auf eine der beiden Bänke gelegt. Ihre Beine waren zu einem L angewinkelt, und ihr Kopf ruhte auf einer Rettungsweste, deren eine Hälfte ihr als Kissen diente. Sie ist schön, sagte Jeanne und ließ ein Grinsen über ihr Gesicht huschen. Sie ist blond, bemerkte sie.

Lone hatte schließlich die Augen aufgeschlagen und sich, als sie uns drei aneinandergedrängt in der Türöffnung stehen sah, aufgesetzt und dabei rasch ihre Frisur wieder hergerichtet. Sie entschuldigte sich dafür, eingeschlafen zu haben. Zu sein, verbesserte Jeanne. Eingeschlafen zu sein.

Ich setzte meine Mütze ab und wischte mir über die Stirn. Vorn auf die Mütze war in weißen Buchstaben »Vendée-Globe 2011 – Les Sables d'Olonne« gestickt. Ich brauchte eine Weile, bis ich begriff. Die Regatta für Alleinsegler schrieb sich für mich bisher »Vent des Globes«.

Lone war zu uns gekommen, um sich vorzustellen, hatte Jeanne die Hand entgegengestreckt; Jeanne betrachtete sie, diese Hand, und ergriff sie schließlich, benutzte sie wie einen Henkel, um Lone an sich zu ziehen und auf die Wangen zu küssen. Auf halbem Wege besiegelte sie ihre Geste, indem sie ihren Namen sagte, »Jeanne«, wie eine Signatur, worauf Lone sogleich die ihre anhängte.

Wie bitte?

Jeanne kannte Lones Vornamen, rechnete aber vielleicht nicht damit, ihn so ausgesprochen zu hören.

Lone, wiederholte Lone.

Bist du müde? Ein bisschen, antwortete Lone und strich sich eine Strähne hinters Ohr. Ich zog mir die Mütze wieder tief ins Gesicht. Gut, alle sind da, wir können lossegeln, sagte dann mein Bruder. Schon?, fragte ich. Ich hatte für einen Moment den Eindruck, dass unsere Reise zu Ende ging.

In Wahrheit begann sie gerade.

Der Motor am Heck sprang an und stotterte unregelmäßig im Hafenwasser. Eine Wolke aus unangenehmem Benzingeruch breitete sich um uns aus. Mein Bruder, der am Bug die Leinen löste, bat mich, ihm den Bootshaken für die Mooring zu bringen. Da, sagte er. Ich reichte ihm die mit einem Haken versehene Stange, auf die er zeigte. Ich wusste nicht, was eine Mooring war, aber ich ahnte, dass man mir nicht alles erklären würde.

Jean bat mich »abzufendern«. Abzufendern? Ja, sagte er, während wir uns bereits vom Steg entfernten, schnell, sieh zu, dass wir nicht an die anderen Boote stoßen. Ich krempelte rasch meine Hosenbeine bis zur Wade hoch und versuchte, mit dem Fuß den Rumpf des Nachbarbootes wegzuschieben. Es gelang mir nicht zu verhindern, dass sich die Boote leicht streiften. Vorsicht, rief er plötzlich. Ich drehte mich nach ihm um. Seine Worte galten Jeanne. Sie stand an der Pinne und ließ das Segelboot kreiseln. Mein Bruder wirkte nervös, doch Jeanne machte den Eindruck, als habe sie alles im Griff. Sie legte den Vorwärtsgang ein und steuerte die Hafenausfahrt an, während er plötzlich zum Bug eilte. Pass auf, rief er wieder und wies mit dem Finger auf etwas hin. Jeanne stellte sich auf die Zehenspitzen, um nach dem zu schauen, worauf er zeigte. Ist gut, sagte sie, habe ich gesehen.

Ich zögerte, mich hinzusetzen. Ich atmete tief ein. Für den Augenblick, im Stehen, fühlte ich mich gut. Ich stand still, und die Dinge gingen voran. Unser Boot fuhr an denen entlang, die am Kai lagen. Die Luft wurde immer maritimer. Lone kam zu mir und legte mir mit einem Anflug von Zärtlichkeit, der, wie mir schien, eine Unruhe verriet, ihren Arm um die Hüfte. Ich drückte sie an mich. Ich wollte sie beruhigen. Doch kaum hatte ich sie umarmt, ließ ich mich selbst von unbestimmten Befürchtungen einholen.

Hinter dem Deich war das offene Meer. Wir boten ihm die Stirn. Es war unruhiger und feindseliger, als ich es mir ausgemalt hatte. Wellen bildeten sich um uns, unregelmäßige Wellen, die sich auf die Küste zubewegten und das Gefühl weckten, wir würden in die verkehrte Richtung fahren. Das Boot erduldete ihre Bewegung eher, als dass es sich an sie anschmiegte, wurde vor- und zurückgeworfen, als wäre es nicht auf sie vorbereitet. Der Steven tauchte in die Wellentäler ein und stieg wieder auf, ohne die Wellenkämme gänzlich zu durchteilen, ließ zu beiden Seiten Gischtfontänen aufspritzen, während sich mehr und mehr das Meer vor uns auftat. Ich löste mich aus Lones Umarmung, um nicht das Gleichgewicht zu verlieren.

Mein Bruder hatte begonnen, energisch das Großsegel zu hissen, indem er mit aller Kraft an einem Tau zog, von oben nach unten, und das Segel ruckte über Rollenlager jedes Mal gut zehn Zentimeter höher. Auf halber Masthöhe angelangt, begann es, kräftiger zu flattern. Das Segeltuch bauschte auf und straffte sich wieder. Langsam sah das Boot nach etwas aus. Ich wusste nicht, dass mein Bruder das alles konnte. Plötzlich war mir übel.

Ich setzte mich.

Bleib schön im Wind, rief er mit kräftiger Stimme.

Ich erhob mich wieder.

Er hatte sich abermals nicht an mich gewandt, sondern an Jeanne, die den Kopf in Richtung des schmalen Pfeils der Windfahne hob. Dieser zeigte hoch oben am Mast eine Richtung an, kapriziös, zittrig und unentschlossen, als ob er die seismischen Stöße eines nahenden Erdbebens registrierte.

Lone, die sich ebenfalls sichtlich nicht wohl fühlte, setzte sich mir gegenüber auf die andere Bank. Sie lächelte mir zu. Sie schien sich zu fragen, was sie hier machte.

Um uns abzulenken, ermunterte uns Jeanne, einen Blick in die Ferne auf den Vesuv zu werfen. Der Vulkan ähnelte einer voluminösen Dunstwolke. Mein Blick glitt über die Küste, umfasste mit einem Mal die gesamte, zum weiten Meer hin offene Bucht. Wir entfernten uns nicht allein von Neapel, sondern vom Festland überhaupt, von der festen, beruhigenden Erde.

Jeanne hatte schließlich ihren Platz an der Pinne abgetreten und sich in einen langen, königsblauen Wickelrock mit einem Muster aus stilisierten weißen Muscheln gehüllt. Sie knotete ihn im Nacken zusammen und griff sich ein Fläschchen. Sie war gerade dabei, sich die Wangen einzureiben, als Lone, die sich diskret in der Toilette eingeschlossen hatte, um sich ebenfalls umzukleiden, mit einem Strandtuch in der Hand wiederkam. Jeanne hörte auf, die Creme auf ihrem Gesicht zu verteilen, und ließ ihren Blick auf der anderen Silhouette ruhen, die etwas Jugendliches bewahrt hatte, Anmut vielleicht oder Arroganz. Bevor Lone sich setzte, zupfte sie ihren Bikini am Gesäß zurecht. Hier, sagte Jeanne zu ihr, als sie ihr das Fläschchen reichte. Lone nahm es und bedankte sich freundlich, bevor sie auf den Zerstäuber drückte, der auf mehreren Stellen ihres Körpers weiße Spritzer hinterließ, die sie sorgsam verrieb, auf ihren Schultern zuerst, dann auf dem Ansatz ihrer Brust, schließlich auf ihrem Bauch, wo sie einige Kreise zeichnete und darauf achtete, keine Creme auf das Piercing tief in ihrem Bauchnabel gelangen zu lassen.

Vergiss die Füße nicht, sagte Jeanne, die ihr das Fläschchen wieder aus den Händen nahm, und zu mir gewandt fragte sie, ob ich ihr den Rücken eincremen könne. Wortlos kam ich ihrer Bitte nach. Ihr Rücken bedeckte sich mit milchigweißen Sternbildern, und ich ließ meine Hände über sie gleiten. Ihr Rücken war glühend heiß und glänzte mehr und mehr, je öfter meine Handflächen zu beiden Seiten ihrer Wirbelsäule hinaufstrichen. Unter meinen Fingern spürte ich ihre Muttermale. Langsam gewöhnte ich mich wieder an sie, wie ein Blinder, der Blindenschrift liest. Ab und an warf ich einen verstohlenen Blick hinüber zu Lone. Doch Lone schaute nicht zu uns. Sie hatte die Augen geschlossen und den Kopf in die Höhe gereckt, um sich den Hals einzucremen. Fertig, sagte ich und wischte mir die Hände an meinen Unterarmen ab. Jeanne bedankte sich.

Das geht nicht sehr schnell voran, sagte ich. Vier Knoten, erwiderte mein Bruder, das ist gar nicht schlecht, weißt du. Er schickte seinen Worten ein Grinsen hinterher, das zu verstehen gab, dass ich mich an den Rhythmus des Segelns wohl noch gewöhnen müsse. Ich schaute auf das weiße Kielwasser, das wir hinter uns ließen, ein wogendes und schäumendes V, das sich auf den flachen Wellen ausbreitete.

Nach einer Weile gab ich schließlich Jeanne gegenüber zu, dass mir schlecht war. Du hast zu viel an, warf Jean ein. Ich sah keinen rechten Zusammenhang zwischen der Hitze und der Seekrankheit. Zweifelnd stieg ich hinunter ins Bootsinnere, mich an allem Greifbaren festhaltend, um nicht umzukippen.

Unten war die Luft unerträglich.

Ein merkwürdiger Geruch lag im Raum, eine widerliche Mischung aus Abgestandenem und Salzdünsten, die das Bedürfnis weckte, gründlich zu lüften. Mir wurde immer übler. Ich schaffte es, mich dem Winkel zu nähern, wo ich meine Tasche verstaut hatte, und zog meine Sachen aus. Ich tauschte sie gegen ein einfaches weißes T-Shirt und Badeshorts.

Als ich wieder hinaufgehen wollte, kam mir Jeanne auf der Treppe entgegen. Es gab nicht wirklich Platz für zwei, und wir entschieden uns dafür, uns Auge in Auge aneinander vorbeizuschieben, indem wir uns seitwärts auf den Stufen vorwärtsbewegten. Eine leichte Berührung war nicht zu vermeiden, und wir entschuldigten uns sogleich, um jeglichen Beginn von was auch immer mit einem Lächeln zu entschärfen. Du bist blass, bemerkte sie, du solltest etwas essen. Wird schon gehen, erwiderte ich. Trotz der Armseligkeit unseres Austauschs lief es im Moment gut zwischen uns.

Mein Bruder erklärte mir, dass ich deshalb seekrank sei, weil ich in die Kajüte hinuntergegangen sei. Wenn man nicht seefest sei, sei es besser, an der frischen Luft zu bleiben. Ich wies ihn darauf hin, dass ich mich auf seine Ratschläge hin dort unten umgezogen habe. Ja, das hast du richtig gemacht, sagte er.

Eine neue Welle der Übelkeit schoss in mir hoch und drohte, den Aufstieg fortzusetzen.

Setz dich vorn hin, schlug er vor.

Das geht schon vorbei, entgegnete ich.

Wenn wir dich zurückbringen sollen, sag es uns schnell.

Einige Minuten später kam Jeanne wieder herauf, mit einem Kochtopf in der Hand, und schüttete das dampfende Wasser über Bord. Dann stellte sie den Topf auf ein Schneidebrett. Weil die frisch gekochten Eier noch heiß waren, benötigte sie zwei Anläufe, um sich beim Herausnehmen nicht an ihnen zu verbrennen. Mit einem kräftigen Hieb schlug sie die rosig-beige Schale auf ihren Handteller, wo sie sofort Risse bekam.

Geduldig und mit großer Sorgfalt begann sie, die innen fast roten Bruchstücke abzuschälen; sie lösten sich ganz von allein und fielen in kleinen Schuppen auf das Geschirrtuch, das sie auf ihrem Schoß ausgebreitet hatte. Hier, sagte sie und reichte mir mit ebenso mütterlicher wie autoritärer Geste ein glattes, weißes und noch dampfendes Ei. Nein, nein, sagte ich, danke. Bist du sicher? Ich schaute sie an, mir war speiübel.

Ganz sicher, sagte ich.

Du musst dich beschäftigen, rief Jean dazwischen, hier, hilf mir mal, wir entrollen die Genua, ich bringe dir bei, den Schot zu fieren, um sie beizuholen, nimm die Winschkurbel.

Ich verstand kein Wort von dem, was er erzählte. Ich fragte mich, wo er das alles gelernt hatte. Ich wusste, dass er vor ein paar Jahren mit einem Jugendfreund auf einem Segeltörn gewesen war.

Doch abgesehen davon … Nein, in meiner Vorstellung war Jeanne diejenige, die segeln konnte.

Ich wischte mir über die Stirn und fragte, ob eine Schwimmpause vorgesehen war.

Nein, sagte er, wir sind gerade erst losgefahren.

Auch wenn ich ihre Nützlichkeit deutlich spürte, fiel es mir schwer, mich an meine Mütze zu gewöhnen. Unaufhörlich nahm ich sie ab, schaute sie an, setzte sie dann wieder auf. Nur um sie wieder abzusetzen.

Sie war von einem sonnengebleichten Veilchenblau. Obwohl das Jahr, das auf der Vorderseite zu lesen war, mir nicht so weit zurückzuliegen schien, war ich nicht imstande, mich daran zu erinnern, was ich 2011 getan hatte.

Die Vorstellung, dass es in zwei, drei Jahren genauso sein mochte, wenn ich versuchen würde, mich daran zu erinnern, was ich jetzt gerade erlebte, in diesem Augenblick, irritierte mich. So sehr, dass ich mir die Frage stellen konnte, ob ich jetzt gerade überhaupt irgendetwas erlebte. Jedenfalls hatte es den Anschein, als passiere nichts.

Ich hatte mich hingelegt und meinen Kopf auf Lones Beine gebettet. Sie fuhr mir behutsam mit der Hand durchs Haar. Das Schiff hatte leichte Schlagseite, und mir ging es nicht allzu schlecht. Langsam begann ich einzudösen.

Ich erwachte mit feuchter Stirn, wie nach einem bösen Traum. Ich richtete mich auf und kniff die Augen zusammen, um mich wieder an das Licht zu gewöhnen. Das Wasser ringsum, das Boot, das mit einem scheuernden Geräusch vorwärtsglitt, mein Bruder, der nach wie vor die Ruderpinne hielt, seinen weißen Hut tief ins Gesicht gezogen – nichts hatte sich verändert. Doch. Jeanne hatte eine große Sonnenbrille aufgesetzt.

Sie lächelte mir zu.

Hast du geschlafen? Ja, sagte ich und rieb mir übers Gesicht, es geht mir schon besser. Siehst du, du hast es überlebt, sagte Jean, langsam wirst du seefest.

Man gewöhnt sich an alles, sagte ich.

Lones Wangenknochen kamen mir jetzt rosiger vor. Ich fragte mich, ob sie nicht dabei war, sich einen Sonnenbrand zu holen. Es ist heiß, sagte ich und hob meine Mütze auf, die neben mir auf den Boden gefallen war. Wir sind gleich da, sagte Jeanne.

Wo denn?

Ich drehte mich um und entdeckte vor uns eine majestätische, mit Bäumen bestandene Insel, deren Grün auf den Höhen mit dem sehr hellen Grau der Felswände kontrastierte.

Auf Capri, sagte Jeanne.

Und ihr?, fragte Lone. Wir?, fragte Jeanne. Ja, ihr, wiederholte sie, wie habt ihr euch kennengelernt?

Mein Bruder und Jeanne schauten einander an, dann ließen sie sich gegenseitig das Wort, so dass für eine Weile keiner etwas sagte. In diesem Augenblick kam der Kellner und brachte die Getränke, die wir bestellt hatten, an unseren Tisch. Jean kümmerte sich darum, sie zu verteilen, den Espresso für Jeanne, den Multivitaminsaft für Lone, und für uns zwei große Cappuccino. Da erklärte Jeanne, dass sie es mir zu verdanken hatten. Oh!, rief Lone aus und hob enthusiastisch die Augenbrauen. Ja, antwortete Jeanne und erläuterte, dass ich es gewesen sei, der ihr Jean vorgestellt hatte. Ich setzte meine Mütze ab und fächelte mir Luft zu. Lone wartete. Sie hoffte wahrscheinlich auf eine Geschichte, den detaillierten Bericht ihrer Begegnung, aber nichts dergleichen, Jeanne, die es nicht für notwendig erachtete, sich weiter über das Thema auszulassen, fasste ihre Tasse beim Henkel und stürzte den einen Schluck Espresso hinunter. Dann entschuldigte sie sich und stand auf.

Ich legte meine Hände um die glühend heiße Tasse. Bei dieser Hitze hatte ich keine Lust, einen Cappuccino zu trinken. Ich schaute auf die mit Kakaopulver besprenkelte Schaumhaube. Ich hatte Jean nie etwas abschlagen können. Er drehte sich um und nutzte, so wie es aussah, Jeannes Abwesenheit, um uns anzuvertrauen, dass diese Reise ein wenig speziell sei. Für uns sei das vielleicht nur ein ganz gewöhnlicher Segeltörn, doch für sie beide sei es etwas anderes. Er wartete ein wenig, um es spannend zu machen, bevor er uns eingestand, dass Jeanne und er eine Weltumsegelung vorhätten.

So etwas Ähnliches wie eine Weltumsegelung, nuancierte Jeanne, als sie wieder Platz nahm. Sie hatten vorgesehen, jeden Sommer ein Stück des Weges zurückzulegen und im Sommer darauf das Boot dort wieder aufzusuchen, wo sie es liegen hatten. Es fiel mir schwer, mir meinen Bruder dabei vorzustellen, wie er um den Globus segelte. Das Ziel in diesem Jahr ist Kroatien, sagte er. Oder Griechenland, sagte Jeanne. Ja, wir sind noch unschlüssig, räumte Jean ein, das hängt vor allem von deiner Mutter ab.

Um jeder weiteren Frage zuvorzukommen, informierte uns Jeanne darüber, dass ihre Mutter kurz nach ihrer Abfahrt einen Schwächeanfall gehabt habe und als Notfall in die Klinik gekommen sei, dass jetzt aber soweit alles gut stünde.

Bei der Verkündung dieser Neuigkeit hatte Lone ihre Stirn in Falten gezogen. Mit einer merkwürdigen Rührung im Blick seufzte sie auf. Das war für Jeanne mehr, als sie erwartet hatte, und als ihr das Mädchen, dass sie erst seit einigen Stunden kannte, über den Rücken strich, um sie zu trösten, richtete sie sich in ihrem Stuhl auf. Und du, fragte sie, leben deine Eltern noch?

Lone, von der Unangemessenheit der Frage aus der Fassung gebracht, zuckte mit den Schultern. Ja, sagte sie mit leicht fragendem Tonfall, als wäre sie zum ersten Mal gezwungen, über das Ende ihrer Eltern nachzudenken.

Jeanne stellte ihr daraufhin Fragen über ihr Herkunftsland, wobei sie zugab, allenfalls zwei, drei Vorurteile darüber zu kennen, die sie prompt aufzählte und schließlich sogar eine Liste zum besten gab, die fast alles umfasste, was man sich über die Skandinavier so erzählte.

Sich im Französischen immer weniger wohl fühlend, antwortete Lone, so gut sie konnte, gutmütig, schüchtern, mit unpassenden Lautmalereien oder, drastischer noch, mit einem nervösen Lachen, das der Frage, die sie im Übrigen vielleicht gar nicht verstand, komplett aus dem Weg ging.

Als man ihr die Frage stellte, warum sie nach Frankreich gekommen sei, wies ich darauf hin, dass sie im Augenblick eigentlich ganz woanders sei als in Frankreich, doch Lone machte sich dieses Ablenkungsmanöver nicht zunutze und antwortete Jeanne mit denkbar größter Ernsthaftigkeit, dass sie gerade damit angefangen habe, eine Dissertation zum Abschluss zu bringen.

Eine Dissertation?, fragte Jean.

Ja, eine Art Dissertation, präzisierte Lone.

Worüber?, fragte Jeanne, als stürze sie sich in eine Bresche. Über die Gleichstellungen, antwortete Lone, zwischen Mann und Frau. Unsere Gastgeber nickten stumm. Und warum Frankreich?, insistierte Jeanne. Daraufhin verriet Lone, sie interessiere sich vor allem für den Behandlung von die geprintete Medien mit den Gleichstellungengesetz, das unter Lionel Jospin begrüßt wurde. Jean runzelte die Stirn und begann dann wieder, etwas langsamer als zuvor, zustimmend zu nicken. Okay, sagte er, das ist interessant.

Eine kaum merklich spöttische Falte hatte sich hingegen um den Mundwinkel von Jeanne abgezeichnet; sie schien die Kommunikationsschwierigkeiten meiner neuen Gefährtin als ein allgemeineres Unvermögen zu betrachten, als sei sie außerstande, einen Gedanken zu strukturieren, eine Absicht zu fassen oder klar zu äußern. Ich kannte Jeanne – sie fragte sich gerade, ob Lone nicht ein wenig dumm war.

Gut, ich gehe zahlen, sagte Jean plötzlich.

Wir standen auf. Lone flüsterte mir ins Ohr, dass sie große Lust auf ein Eis habe, dass sie gleich wieder zu uns zurückkommen würde.

Jeanne und ich liefen vor zur Aussichtsplattform und beobachteten schweigend die andere Seite der Insel. Wir stützten unsere Ellbogen auf das Geländer, um das Meer zu betrachten. Ich bin ein wenig enttäuscht, sagte sie zu mir. Ja, ich auch, antwortete ich, es sind zu viele Leute hier. Und außerdem gibt es nicht viel zu sehen, sagte sie. Ja, abgesehen von der Aussicht, sagte ich.

Wir hatten uns beide nicht mehr zu zweit getroffen, seit jenem Abend im Juni, an dem sie zu mir gekommen war.

Ich weiß nicht, ob sie daran dachte.

Mein Bruder kam hinzu. Was für ein Ort, sagte er. Ja, es ist wunderbar, sagte Jeanne. Los, kommt, rief er voller Enthusiasmus, wir machen ein paar Einkäufe.

Wir kehrten um und bogen in die Hauptstraße ein, flanierten inmitten der Touristen, vor den Schaufenstern der Konditoreien und den Souvenirbuden entlang, bevor wir in einen Lebensmittelladen flüchteten.

In seinem Inneren war es kühl. In einer Stiege nahe am Eingang lagen ein paar Früchte mit Druckstellen. Mein Bruder nahm einen Weinbergpfirsich, roch an ihm und legte ihn wortlos wieder hin. Er lenkte seine Schritte zum Regal mit den Olivenölen und Essigen. Er zog ein Bündel Scheine aus seiner Tasche und zählte sie diskret. Es wäre gut, wenn wir etwas für Mama fänden, sagte er. Ich stimmte schweigend zu. Nachdem er sich ein Paket bunte Nudeln gegriffen hatte, näherte er sich einer Kühlvitrine, hinter der Käsestücke und Wurstwaren auslagen, auf denen es sich schwarze Fliegen gemütlich machten.

Zurück liefen wir, Plastikbeutel in der Hand, über die Treppen, die sich zwischen den am Hang errichteten Villen sanft abwärtsschlängelten. An den Hausmauern blühten Bougainvilleen und wilder Wein. Wir waren wieder weit weg von der Menschenmenge, von dem sommerlichen Trubel der Piazzetta. Ab und zu konnte man durch die Zweige der Pinien hindurch das Blau des Meeres sehen.

Die Sonne weißte die Mauern.

Alles war still.

Wir stiegen weiter ruhig die steinernen Stufen hinab, keiner sprach. Wir hörten, wie unsere Füße trockene Nadeln zertraten; sie knackten unter unseren Sohlen. Plötzlich drehte ich mich um.

Wo ist Lone?

Wir schauten uns alle drei um. Ich komme gleich wieder, sagte ich, und nachdem ich Jeanne meinen Beutel anvertraut hatte, kehrte ich um, mit jedem Schritt zwei Stufen auf einmal nehmend. Mir war heiß, aber daran dachte ich nicht.

Ich dachte an Lone.

An Lone und mich.

Keuchend und außer Atem, das T-Shirt von der Anstrengung nassgeschwitzt, gelangte ich wieder zur Piazzetta, wo ich nicht lange zu suchen brauchte. Sie saß auf einer Bank, den Blick vage und nachdenklich aufs Meer hinaus gerichtet. Sie hielt ihre Eistüte in der Hand. Das Eis schmolz in der Sonne und lief in feinen Tröpfchen über die Waffel. Sie rührte es nicht an.

Beim Näherkommen suchte ich nach einer Ausrede. Einem Witz vielleicht. Nein. Es gab nichts zu sagen.

Sachte legte ich meine Hand auf ihre Schulter. Wir warten auf dich, sagte ich, kommst du?

Sie drehte sich um und lächelte mir zu. Hier, sagte sie, ich hatte dir ein Eis gekauft.

Wir haben dich verloren, sagte ich, während ich rasch nach der Eistüte griff, wo warst du denn?

Ja, sagte sie, du hast mich vergessen, das ist lustig.

Jeanne war aufgestanden und hatte sich ans Segelschiff geklammert. Durch Zugkraft gelang es ihr, das Beiboot dicht an den Schiffsrumpf zu lenken, damit wir leichter wieder an Bord gehen konnten. Jean kletterte als Erster hinauf, legte das Ruder ins Cockpit und griff nach Lones Hand, um ihr hinaufzuhelfen. Achtung, rief er. Das Schlauchboot trieb ein wenig ab.

Das ist witzig, sagte ich.

Was denn?, fragte Jeanne, während sie sich zu mir herumdrehte.

Da, sagte ich, der Name des Bootes.

Ich starrte auf die Buchstaben, die kobaltblau auf weißem Untergrund ans Heck des Segelboots geschrieben standen. Das Schaukeln der Wellen trug mich näher an sie heran und wieder fort von ihnen. Ich starrte auf sie und konnte schließlich an nichts anderes mehr denken: REVIENS – Komm zurück.

Kommst du hoch?, fragte Jeanne.

Abends aßen wir draußen, in jenem kleinen Sitzraum unter freiem Himmel, der das Cockpit war. Mein Bruder hatte aus einer Truhe einen Campingtisch mit rostigen Gelenken geholt. Jeanne hatte ihn mit Besteck und vier Plastiktellern gedeckt.

Ringsum in der Bucht von Capri ankerten eindrucksvolle Yachten, von denen Partylärm zu uns herüberklang, gedämpfte Rufe, Musikfetzen, vermengt mit lebhaften Unterhaltungen.

Diese schweren Boote lagen reglos, während wir seit einigen Minuten gezwungen waren, unsere Gläser festzuhalten, die sich von allein auf dem Tisch bewegten. Gerade war Dünung aufgekommen, eine Querdünung, die das Boot auf die eine, dann auf die andere Seite legte. Jean und Jeanne, die uns gegenübersaßen, hoben sich, wenn Lone und ich uns senkten, und umgekehrt, in einer unangenehmen Wippbewegung. Die Weinflasche fiel beinahe um. Mein Bruder hielt sie fest und nutzte die Gelegenheit, um unsere Gläser nachzufüllen. Er hatte sich seit Beginn des Abendessens oft nachgegossen. Eine leichte Trunkenheit lenkte seine Konversation.

Bestimmt seit einer Viertelstunde erzählte er uns von einem Zeitungsartikel, den er vor ein paar Tagen gelesen hatte und der von der Existenz einer Qualle berichtete, deren Namen er vergessen hatte. Sie wurde als das einzige Lebewesen angesehen, das unsterblich war, weil es imstande war, die Zeit umzukehren. Gut, mein Bruder gab zu, dass ihm der Mechanismus der Verjüngung der Qualle ein bisschen entfallen war, dass es sich im Großen und Ganzen aber um eine Geschichte von Zellen handelte, die das Tier selbst neu zu programmieren imstande war. Stell dir vor, sagte er zu mir, vielleicht werden unsere Urenkel in ein paar Jahren nicht mehr sterben.

Sein Gesicht verfinsterte sich.

Er sammelte sich wieder und behauptete, dass Studien durchgeführt wurden oder durchgeführt werden sollten, um eine Reproduktion dieses Prozesses zu versuchen. Seit einigen Minuten hatte ich Mühe, mich auf seine Worte zu konzentrieren. Ich fragte mich, ob es eine gute Idee war, dass wir die Ferien gemeinsam verbrachten. Mit »wir« dachte ich nicht an Jean.

Ich dachte an Jeanne.

An Jeanne und mich.

Ich spürte ihren Blick auf mir ruhen. Von Zeit zu Zeit sah ich rasch in ihre Richtung, um festzustellen, ob sie mich noch immer anschaute. Und jedes Mal trafen sich unsere Blicke. Ihre Pupillen zogen sich zusammen oder weiteten sich im Flackern der Sturmlaterne, die mein Bruder vor dem Abendessen am Großbaum genau über unseren Köpfen aufgehängt hatte.

Mit einem Spiegel in der Hand schminkte Lone sich ab, indem sie die Stirn und die Augen mit einem Wattepad abrieb. Ab und an wühlte sie nervös in ihrem Kulturbeutel, dessen Inneres eine allzu große Auswahl an Kosmetikprodukten zu bieten schien. Da sie das Gesuchte nicht fand, zog sie ärgerlich die Brauen hoch.

Sie legte den Kopf schräg und begann, mit verschlossenem, angespanntem Gesicht ihre Haare zu bürsten und glattzuziehen. Während Lone tagsüber im Umgang immer angenehm war, wirkte sie vor dem Schlafengehen oft unleidlich. Sich abzuschminken schien für sie eine Aufgabe zu sein, die man hinter sich bringen musste, eine lästige Pflicht genau wie die Hausarbeit, und wenn sie so ihr Gesicht reinigte, erweckte sie den Eindruck, auch ihre gute Laune aufzuräumen und gründlich zu verstauen.

Nachdem sie ihre Kontaktlinsen herausgenommen hatte, öffnete sie ein schwarzes Etui, dem sie ihre Brille entnahm. Die in einem strengen, stählernen Gestell eingefassten Korrekturgläser ließen ihre Augen schmaler und ihre Züge härter aussehen. Ich hatte im Laufe der Zeit den Eindruck gewonnen, dass sie es nicht sonderlich schätzte, in diesem Zustand überrascht zu werden, abgeschminkt, bebrillt, das Gesicht glänzend von

Feuchtigkeitscreme und überzogen von kleinen roten Flecken. Mir war sie trotzdem so am liebsten, es war, als ob sie mich so, wenn sie alle Raffinessen des Tages abgelegt hatte, am meisten rührte.

Lone ließ den harten Deckel ihres Brillenetuis mit einem lauten Klacken zuschnappen. Ich glaube, sie wartete darauf, dass unsere Gastgeber, die seit zehn Minuten Dinge verstauten und andere Dinge beiseiteräumten, das verließen, was Lone inzwischen als ihr Schlafzimmer betrachtete.

Ohne einen Blick für mich schob sie sich in ihren Schlafsack, nahm ein Buch, blätterte darin und begann, nachdem sie ihren Rücken mehr oder weniger bequem an die Seitenwand des Kühlschranks neben ihrem Bett gelehnt hatte, konzentriert und beflissen zu lesen, in ein Schweigen gehüllt, das von ihrem Verlangen zeugte, woanders zu sein.

Auch ich hatte meinen Schlafsack herausgeholt. Ich hielt ihn noch in der Hand und schaute ein wenig entmutigt auf den Krempel, mit dem meine Schlafkoje vollgestopft war. In sieben Jahren hatte Jeanne stark auf meinen einstmals beinahe pedantisch ordentlichen Bruder abgefärbt.

Ich machte mich daran, das zusammenzutragen, was sie hatten herumliegen lassen, ein Hemd, ein Taschenbuch, ein Ladegerät für ein Mobiltelefon, eine einzelne Socke. Was soll ich mit deinem Hut machen?, fragte ich Jean, der dabei war, sich die Zähne zu putzen. Gib her, sagte er. Er setzte ihn sich auf. Ich sammelte auch einen Slip auf, dann zwei, drei zusammengerollte T-Shirts, ein

Fläschchen mit Bräunungslotion, eine Rettungsweste, ein altes Kofferradio, eine Rolle Toiletten-
papier. Meine Arme waren voll beladen, als Jeanne
an mir vorbeilief und mir eine gute Nacht wünschte.

Jean bat sie, auf ihn zu warten, spülte sich den
Mund aus, und gemeinsam gingen sie in ihre Kabine zurück und schlossen die Tür hinter sich.

Ich schaute diese Tür an.

Ich stellte sie mir dahinter vor.

Ich drehte mich zu Lone um, die eingeschlafen
war, eine Hand in ihrem zugeklappten Buch.

Es war unsere erste Nacht auf See, und es gelang mir nicht, einzuschlafen. Ich dachte wieder an Jeanne, an ihren Besuch bei mir an jenem Abend im Juni.

Die Hitze war die gleiche. Zum Ersticken.

Schließlich stand ich auf und ging geräuschlos hinaus auf die Brücke.

Draußen hörte man das sanfte und gleichmäßige Wogen des Meeres, das sich an den Hotelstränden brach, und weiter weg das Anbranden der Wellen in den wilderen Einbuchtungen der Insel.

Die Dünung hatte sich beruhigt.

Capri war nur noch ein felsiger Schatten, der hier und da von den Lichtern der Häuser gesprenkelt war. Das Meer rings um das Boot schien aus Teer zu sein. Abgesehen von den Topplichtern, die die Anwesenheit der anderen Segelboote am Ankerplatz anzeigten, war alles finster.

Ich drehte mich um.

Habe ich dich geweckt?

Nein, nein, flüsterte Jeanne, als sie näher kam, ich kann nicht einschlafen.

Sie beobachtete den Himmel. Der Mond war aufgegangen, hell und sehr weiß. Die Sterne um ihn herum sahen aus wie Splitter, die von ihm abgebrochen waren, in einem wolkenlosen Himmel verstreute Fragmente. So etwas kann man nur auf dem Boot sehen, sagte sie. Ja, sagte ich.

Wir übertrieben.

Auch mit unserem Schweigen. Es dauerte.

Findest du das nicht komisch?, fragte sie mit tiefer, geheimnisschwerer Stimme. Was denn?

Hier zu sein, murmelte sie, mit mir.

Ich ließ einen Moment verstreichen.

Nein, erwiderte ich im gleichen verschwörerisch verhangenen Ton.

Als ich sie anschaute, war ich von der Harmonie ihres Gesichts wie vor den Kopf geschlagen.

Das scheint gut zu laufen, sagte sie. Zwischen dir und Lone, präzisierte sie.

Ja, sicher, sagte ich, ich habe sie nur ein einziges Mal vergessen. Sie lächelte, sagte aber zu mir, dass es nicht das sei, wovon sie spreche.

Wieder kehrte Schweigen ein zwischen uns, ein Schweigen, das durch die Nacht noch dichter wurde. Ich schaute erneut zu den Sternen.

Das Schweigen stieg zu ihnen empor.

Ich glaube, ich gehe baden, sagte sie und zog ihr weites Nachthemd, ohne es aufzuknöpfen, über den Kopf. Genau genommen war es übrigens kein Nachthemd, sondern einfach ein Hemd. Das Hemd, das mein Bruder während des Abendessens getragen hatte. Jeanne musste es übergestreift haben, bevor sie die Kabine verließ, was bedeutete, dass sie in Anwesenheit meines Bruders nackt schlief.

Denn nackt stand sie jetzt vor mir.

Ich wandte den Blick ab.

Ich hörte, wie sie die Leiter herunterklappte und

Sprosse um Sprosse hinabstieg. Kommst du?, fragte sie mich, es ist herrlich. Nur ihr Kopf schaute jetzt heraus. Sie machte einige Brustschwimmzüge im schwarzen Wasser. Nach und nach entfernte sie sich vom Bootsrumpf. Es ist herrlich, wiederholte sie kaum hörbar. Warte auf mich, rief ich.

Das Meer bedeckte einen guten Teil meines Körpers. Instinktiv schwamm ich los in Richtung von Jeanne. Der helle Mondschein funkelte auf den Wellen. Allmählich gewöhnte ich mich an die Dunkelheit. Schau dir das an, sagte sie, als ich sie fast erreicht hatte, und plötzlich verschwand sie. Ich blieb einen Moment lang allein an der Oberfläche, bevor ich meinerseits abtauchte.

Das Wasser war sanft, fast lau. Aus Angst davor, nichts zu sehen, hielt ich die Augen geschlossen. Als ich sie wieder öffnete, erschien mir ein fließendes und in Finsternis getauchtes Universum. Mit angehaltenem Atem, aufgeblähten Wangen und zusammengekniffenen Augen schwamm ich vorwärts. Aus meiner Nase entwichen Luftblasen. Mir war bewusst, dass ich mich, während ich so planlos und langsam in dieser aquatischen Nacht schwamm und jede meiner Bewegungen analysierte, vom Rumpf unseres Bootes entfernte, doch dann und wann erschien Jeanne in meinem Sichtfeld, und so verschwommen und undeutlich diese Gestalt auch sein mochte, so beruhigend war sie.

Indessen vernahm ich ein Knistern unter Wasser, eine Art jähes Prasseln, und bald begannen Funken um mich herum zu schwirren. Ich schwamm weiter und schaute auf jene Lichter, die mich führten wie winzige Unterwasserglühwürmchen. Vergeblich versuchte ich, sie zu fangen. Sie glitten mir durch die Finger und schienen dabei noch mehr zu werden.

Ich tauchte wieder auf.

Ich holte tief Luft. Ich drehte mich um, um zu sehen, wie viele Meter ich zurückgelegt hatte. Ich war weit vom Segelboot entfernt. Ich versuchte, nicht an das zu denken, was unter meinen Füßen war, an die schwarze Leere da unten. Ich konzentrierte mich auf die Horizontalität meiner Arme unter der Wasseroberfläche.

Jeanne tauchte einige Meter entfernt wieder auf. Schweigend schwamm sie auf mich zu. Hast du gesehen?, fragte sie, während sie näherkam, außer Atem. Sie legte eine Hand auf meine Schulter, um sich auszuruhen. Ich sank ein Stück tiefer. Was ist das?

Das ist Plankton, sagte sie.

Ich begann wieder, vor mir weit ausholende Bewegungen zu machen. Erneut breitete sich dieses gelbe und grüne Licht in einer Wolke um meine Gliedmaßen aus, winzige lumineszierende Teilchen, deren Wirbeln durch jede meiner Gesten intensiviert wurde. Ich versuchte daraufhin, die Arme schneller zu bewegen, damit diese Teilchen weiterwuchsen und ihr Grün noch dichter wurde, wie berauscht davon, hier zu sein, mit Jeanne, inmitten dieses Sternenkreises.

Gut, sagte sie, ich schwimme zurück, mir ist kalt. Warte auf mich, sagte ich.

Als wir das Heck des Segelbootes erreicht hatten, drehte sich Jeanne zu mir um. Ich hielt mich mit nur einer Hand an der Leiter fest und ruderte mit den Beinen im Wasser. Sie schaute mich lange an.

Gute Nacht?, fragte sie. Das war eine Frage, ja. Eine Frage, die keine war. Sie schaute mich prüfend an. Das war ziemlich unbestimmt.

Gute Nacht, sagte ich.

Sie stieg aufs Boot. Scheiße.

Was?

Wir haben kein Handtuch mit rausgenommen, sagte sie.

Ich kletterte hinauf, schaute mich um. Jean hat alle über Nacht reingeholt, sagte sie.

Ich wollte nicht, dass sie von Jean spricht.

Warte, sagte ich zu ihr.

Ich stieg hinab in den Schiffsbauch. Die Stufen knackten unter dem Gewicht meines Körpers. Ich verharrte augenblicklich, horchend. Ich fürchtete, Lone aufzuwecken. Das Erste, was sie beim Aufwachen gesehen hätte, voilà. Schließlich war ich nackt. Wasser tropfte an meinen Beinen herab.

Lone schlief.

Ich sah, wie sich ihr ausgestreckter Körper als Umriss auf der Schlafbank abzeichnete. Ich hörte ihre regelmäßigen Atemzüge. Ich ließ den Blick durch den Raum schweifen, erspähte ein Handtuch, nahm es mit. Eines für zwei. Ich ging wieder nach oben. Hier, nimm, sagte ich. Und du?, fragte Jeanne. Ich warte, bis du fertig bist, sagte ich. Sie trocknete sich rasch ab. Hier, sagte sie. Das Handtuch war jetzt feucht. Ich warf es um mich, rieb mich ab, rubbelte mir den Kopf. Gute Nacht, sagte sie zum zweiten Mal. Es war keine Frage mehr. Sie ging hinunter.

Warte, rief ich.

Was?

Nein, nichts.

Ich schlug ein Auge auf. Durch die Türöffnung fiel morgendliches Licht. Ich hörte, wie sich die Kabinentür öffnete. Sie quietschte leicht. Ich blieb ausgestreckt auf meinem Schlafsack liegen, aus dem ich mich nachts der Hitze wegen herausgewunden hatte. Als ich meinen Kopf anders legte, sah ich ihre nackten Beine vorübergehen. Mit drei Schritten steuerte Jeanne auf die Küchenecke zu.

Sie trug noch immer das weiße Hemd meines Bruders, dessen Ärmel sie lässig hochgekrempelt hatte. Sie hantierte leise, zumindest versuchte sie, so wenig Lärm wie möglich zu machen. Vom mitternächtlichen Bad war mir nur eine undeutliche Erinnerung geblieben.

Sie füllte einen Kessel mit Wasser, holte ein Streichholz aus der Schachtel und zündete es an. Ihre Haare waren zerzaust, beinahe struppig. Sie beugte sich nach vorn und hielt die Flamme dicht an den Gaskocher. Als sie sich zu mir umdrehte, lächelte sie und blies dann das Streichholz aus. Sie kam näher und flüsterte etwas mit vom Schlaf rauer und kratziger Stimme, bewusst leise, da Lone neben uns noch schlief. Was sagst du? Ich flüsterte ebenfalls. Schwefelgeruch stieg mir in die Nase. Jeanne trat noch einen Schritt näher zu mir, ihr verkohltes, von der Hitze ganz krummes Streichholz in der Hand. Tu m'attends?, fragte sie mich.

Ich richtete mich in meinem Bett auf.

Ob ich auf dich warte?, fragte ich zurück.

Sie prustete los.

Tu m'entends, habe ich dich gefragt.

Ach, sagte ich, ja, klar höre ich dich.

Möchtest du einen Tee?

Sie hatte diese Worte mit einem zugleich verschmitzten und rätselhaften Lächeln von perverser Zweideutigkeit einhergehen lassen, ein Lächeln, das sie für einen Augenblick beibehielt, so dass mein Blick zwangsläufig auf ihren Lippen verweilte, die durch die Sonne zart eingerissen waren.

Das Oberlid ihres Auges war geschwollen und ringsum von einem glänzenden, beinahe zähflüssigen Sekret umgeben. Lone war gerade aufgewacht und hatte sich uns so präsentiert, mit zerzausten Haaren und geschlossenem linken Auge. Sie wartete. Ich schaffe es nicht, sagte sie, mein Auge zu öffnen.

Ich trat zu ihr.

Um sich genauer untersuchen zu lassen, hob sie den Kopf, als habe sie Nasenbluten. Mein Bruder bat mich um Entschuldigung, kam nah heran und versuchte dann, mit Hilfe von Daumen und Zeigefinger das Lid behutsam zu öffnen. Es ist rot, sagte er und verzog das Gesicht. Da ist Ausfluss.

Das war nicht schön anzusehen. Außerdem wollte ich gar nicht so genau hinschauen. Ich versuchte, Lone aufzumuntern, indem ich ihre Hand hielt. Ich streichelte ihre Finger, als würde es ihr dort wehtun. Das wird schon, sagte ich zu ihr.

Sie sagte nichts mehr.

Das ist nichts, sagte Jeanne, die ihr Frühstück beendete, indem sie ihren Joghurtbecher auskratzte.

Sie sollte sich trotzdem von einem Arzt inspizieren lassen, sagte mein Bruder. Lone runzelte die Stirn. Er hatte gerade so gesprochen, als sei sie nicht mehr da. »Inspizieren«?, fragte sie.

Ich nahm sie in die Arme, um sie zu beruhigen. Sie ließ es geschehen. Ich fragte sie, ob sie es für nötig hielt, einen Arzt aufzusuchen. Jean antworte mir, dass sie es nicht wissen könne, sie sei keine Medizinerin.

Er hatte eine helle Leinenhose und ein kurzärmliges beiges Polohemd übergezogen. Er wollte wissen, wohin ich seine Schuhe geräumt hatte. Ich würde wirklich lieber selbst mitgehen, sagte ich mit Nachdruck. Sprichst du denn italienisch?, fragte er ruhig.

Ich half ihm, das Beiboot vornüber zu kippen, um es ins Wasser zu lassen. Mit Hilfe eines Seils leinte er es am Heck des Segelschiffes an. Er bat Jeanne, ihm seinen Hut zu bringen.

Ich küsste Lone auf die Stirn und reichte meinem Bruder ein Ruder.

Alles ging ein wenig zu schnell. Lone hatte sich vorn ins Schlauchboot geschmiegt. Als auch mein Bruder ins Beiboot stieg, tauchte es noch etwas tiefer ein. Er setzte sich nach hinten und versuchte so, das Gewicht ihrer Körper zu verteilen. Jeanne und ich waren nun allein auf dem Segelschiff; wir verfolgten mit unseren Blicken das Beiboot, das auf die Küste zusteuerte. Nur Jean paddelte, das Bötchen bewegte sich schräg voran. In unmittelbarer Nähe eines Hotelstrandes stieg mein Bruder aus dem Boot und half Lone heraus, die ihr Kleid schürzte, um es nicht nass werden zu lassen, dann zog er das Boot am Bug aus dem Wasser auf eine betonierte, abschüssige Rampe.

Beide wandten sich zu uns um und winkten uns aus der Ferne zu.

Man hätte meinen können, sie brächen zu einer Expedition auf eine unbekannte Insel auf.

Ich drehte mich um zu Jeanne. Mich durchfuhr die Idee, dass wir uns vielleicht küssen würden. Ich wusste nicht, ob ich darauf Lust hatte. Das war nicht der Moment dafür. Doch die Voraussetzungen waren alle gegeben.

Was ist los?, fragte ich sie. Ihr Gesicht hatte sich seit Jeans Abfahrt verfinstert. Nichts, antwortete sie. Geht es dir nicht gut?, fragte ich. Meine Stimme versuchte, sanfter zu sein. Auch die ihre klang versöhnlicher. Doch, doch, versicherte sie mir. Auf die Gefahr hin, mich im Kreis zu drehen, versuchte ich, dem Gespräch mit meinen Fragen eine konzentrische Bewegung einzuhauchen. Du kannst es mir sagen, ermunterte ich sie. Ist nicht wichtig, sagte sie. Was denn?, fragte ich in dem Versuch, Profit aus diesem Nachgeben zu schlagen. Nichts, lass gut sein. Hast du vielleicht meinen Bikini gesehen? Ich glaube, er ist unten, sagte ich.

Gemeinsam stiegen wir ins Innere des Bootes hinunter. Da, sagte ich zu ihr. Nein, das Unterteil, sagte sie. Das Unterteil, wiederholte ich, keine Ahnung. Ihr den Rücken zugewandt, ließ ich sie suchen. Derweil wühlte ich in meiner Tasche. Ich wusste nicht so recht, was ich zu finden gedachte, es war nicht von Bedeutung. Es war im Übrigen nicht einmal meine Tasche, ich merkte es, als ich sie öffnete und Lones Kulturbeutel entdeckte. Es waren ihre Sachen, ich erkannte den Roman wieder, den sie am Vorabend im Bett gelesen hatte.

Das ist komisch, sagte sie.

Was?, fragte ich sie. Hier zu sein, allein, mit dir. Hör mal, sagte ich, während ich die Tasche wieder schloss und mich umdrehte. Ich stockte. Das Hemd meines Bruders lag zu ihren Füßen. Jeanne hielt das Höschen ihres Bikinis vor sich hin, zum Hineinschlüpfen bereit.

Ich dachte an Lone.

Dachte nicht mehr an sie.

Hör mal, sagte ich erneut, ich glaube nicht, dass es eine gute Idee wäre, wenn wir, wenn wir was, unterbrach sie mich, während sie erst mit dem einen, dann mit dem anderen Bein in ihren Bikini schlüpfte, dabei auf dem jeweils anderen Fuß hüpfend, um nicht das Gleichgewicht zu verlieren. Wenn wir, wenn wir, sagte ich. Sie richtete sich auf und zog den Bikini über ihrem Po zurecht. Ich habe nachts nicht geschlafen, sagte sie zu mir, ich habe unentwegt an dich gedacht. Ich weiß, dass das idiotisch ist, fügte sie hinzu. Wir haben doch gesagt, warf ich ein. Ich weiß, was wir gesagt haben, sagte sie.

Ich sah schon vor mir, wie ich mich auf sie stürzen und sie rücklings auf die Bank werfen würde. Stattdessen zog ich es vor, ihr ein unsicheres Lächeln entgegenzuhalten.

Hör auf, sagte ich zu ihr, hör auf mit dem Unsinn. Zugleich schaute ich die schwarzen Palmen auf ihrem Bikini an, Kokospalmen, die sich wie ein Schattenspiel gegen den weißen Untergrund abhoben. Da versuchte ich, mich so zu verhalten, als ob die Worte, die wir soeben gewechselt hatten, keinerlei Wirkung auf mich gehabt hätten. Ich suchte im Raum nach meiner Mütze. Ich hatte vergessen, dass ich sie aufgesetzt hatte. Jeanne hielt meine Arme fest. Hör auf, sagte sie. Wir schauten uns an. Nimm mich, sagte sie, nimm mich in deine Arme, präzisierte sie, vielleicht, um die Mehrdeutigkeit aufzuheben, und küss mich. Ich fand sie auf einmal zu unternehmungslustig, doch ich gehorchte ihr, wobei ich mich, etwas feige, gewiss, dafür entschied, dass dem Küssen auch mit einem Kuss auf die Stirn Genüge getan wäre. Ich öffnete meine Arme und bettete ihren Kopf an meine Brust. Ich hatte diesen Größenunterschied vergessen. Dieses Gefühl. Ihre Brüste prallten gegen mich. Einen Augenblick lang blieben wir beide reglos so stehen. Sie drückte mich so fest, als wollte sie durch mich hindurch. Der Geruch ihrer Haare brachte mich durcheinander; ohne es zu wollen, sog ich ihn tief ein und ließ mich nach und nach von diesem Waldduft durchdringen. Ich zögerte, die Augen zu schließen. Ich legte meine Hände auf ihre Hüften. Ich entdeckte sie wieder. Ihre Taille wurde unter meinen tastenden Fingern zierlicher. Komm, sagte sie und befreite sich aus meiner Umarmung.

Nein, sagte ich in dem Moment, als wir die Kabine betraten. Komm, wiederholte sie. Ich blieb schweigend stehen. Als sie sich auf die Matratze legte, sah ich, wie ihre Brüste zur Seite sanken und dabei ihre Form verloren.

Glaubst du, dass das eine gute Idee ist?, fragte ich sie. Was denn?, fragte sie mich. Dass ich das mache, antwortete ich, um ihr zu zeigen, dass sie sehr wohl wusste, wovon ich sprach, und beugte mich, während ich unbeholfen meine Mütze absetzte, vor und vergrub meinen Kopf in ihrer Halsbeuge. Ihr Atem wurde kurz und hechelnd. Das war ein wenig verfrüht. Ich meinerseits war nicht darauf gefasst, dass ihre Haut so salzig schmeckte. Ich weiß es nicht, sagte sie, einen Hauch Klarheit zurückgewinnend, während sie ihre Hände auf meine Schultern legte, ich weiß es nicht, aber ich habe Lust darauf. Komm, sagte sie erneut zu mir. Ich bekam schlecht Luft an ihrem Hals. Komm, wiederholte sie. Noch näher kommen konnte ich nicht. Die Atmosphäre wurde merklich schwerer, wie vor einem Gewitter, und die Kabine füllte sich mit einer Art Elektrizität. Ich fühlte mich linkisch. Meine Hände streichelten ihren Bauch, ihr Becken, entdeckten ihren Körper wieder, glitten zu ihren Brüsten hinauf und ihre Taille entlang. Findest du, dass ich mich verändert habe?, fragte sie mich. Ich wollte mich nicht auf dieses Terrain locken lassen. Ich weiß nicht, sagte ich, ja, zwangsläufig, ein bisschen, ich mich ja auch. Aber begehrst du mich nicht mehr? Ich mochte an ihr diesen Hang zum Drama. Ich weiß nicht, sagte ich. Ich log nicht. Sie nutzte mein Zögern, um sich wieder aufzurichten. Komm mal näher. Sie wollte nun, dass ich mich zu ihr auf die Matratze lege.

Es war der Geruch ihrer Haut, den ich wiederfand, ein milder Duft nach süßer Mandel, nach

Creme, nach Honig oder Blumen, ich wusste es nicht mehr. Jeanne, sagte ich. Jeanne. Ich wollte ihr sagen, dass sie aufhören solle, dass wir dieses Zimmer, das nicht einmal ein Zimmer, sondern nur eine Kabine war, verlassen mussten. Es bereitete mir Vergnügen, ihren Namen zu sagen, ich wiederholte ihn, als wäre sie die Einzige, die ihn trug. Sie antwortete nicht, oder aber mit stockendem und enthusiastischem, zugleich rauem und fiebrigem Röcheln. Während sie in meinen Nacken hauchte, knöpfte sie mein Hemd auf und drückte kräftig meine Schulter herunter, damit ich mich endlich hinlegte. Sehr wohlzufühlen schien auch sie sich nicht in ihrer Haut, auch ihre Gesten waren etwas unbeholfen. Sie setzte sich rittlings auf mich und lehnte sich leicht gegen mich. Ich hatte ihre Brüste auf meinem Oberkörper. Als ob es schnell gehen müsse, oder einfach, weil die Kabine eng war, sank sie noch ein wenig mehr auf mich herab, ließ ihre warmen Lippen über meine Brust wandern, roch in ungestümer Eile an meiner Haut, ihrerseits auf der Suche nach meinem früheren Geruch. Hör auf, sagte ich. Sie hörte mich nicht mehr. Auch sie begann, meinen Vornamen zu wiederholen. Ich hatte überhaupt keine Lust, ihn zu hören. Ich hatte Lust, mich zu vergessen. Pierre, beharrte sie. Sei still, sagte ich, sag nichts.

Nachdem ich die schwarzen Dichtlippen auseinandergezogen hatte, legte ich meine Nase in die Silikonform. Ich zog am Gummiband und rückte die Tauchmaske auf meinem Gesicht zurecht. Manchmal schwappte eine Welle in meinen Mund, so dass ich ausspuckte und ein Speichelfaden sich löste und ins Meer sank.

Ich hatte ein Bedürfnis nach Wasser, so wie man mitunter ein Bedürfnis nach Luft hat. Ich hatte gewartet, bis Jeanne eingeschlafen war, dann war ich aufgestanden, hinausgegangen und hatte auf die Insel Capri geschaut. Das Beiboot wartete nahe am Strand auf die Rückkehr von Jean und Lone.

Mein Sichtfeld war jetzt durch die Ränder der Tauchmaske eingeengt. Ich bewegte meine Füße mit den Schwimmflossen auf und ab, um mich über Wasser zu halten. Als ich rückwärts vom Boot fortschwamm, atmete ich durch den Mund, die Lippen halb geöffnet, und schlug mit den Flossen, bis ich mich nach einem letzten tiefen Atemzug mit einem Mal umdrehte und mich kopfüber, die Arme eng am Körper, senkrecht fallen ließ.

Ich fühlte den Druck der Maske auf meiner Stirn und meinen Schläfen. Ich sah sehr klar durch die nierenförmige Sichtscheibe, doch außer ein paar Sonnenstrahlen, deren Licht sich unter Wasser in schräge Bündel brach, gab es nichts zu sehen. Alles war von einem leichten, fast durchsichtigen Blau, das dunkler wurde, je tiefer ich hinabtauchte. Und ich weiß nicht, wie weit ich getaucht wäre, wie viele Meter Tiefe ich hätte erreichen können, wenn ich nicht einem Fisch mit silbernen Schuppen begegnet wäre, einer Brasse vielleicht oder einer Dorade. Ich habe noch nie die Namen von Fischen gewusst.

Die Luft wurde mir bereits knapp, als ich begann, ihm nachzutauchen, langsam zunächst, mit behutsamen Flossenschlägen, um ihn nicht zu erschrecken, dann plötzlich jäh hinter ihm herjagend, um ihn mit einem raschen Griff zu erhaschen.

Jedes Mal, wenn ich kurz davor war, ihn zu berühren, hängte mich der Fisch mit einem flinken Zucken seiner Schwanzflosse mühelos um mehrere Meter ab.

Bald schwammen auch andere um mich herum, bewegten sich ruhig in einer friedvollen Stille, als hätten sie sich verirrt und versuchten nun halbherzig, ihren Schwarm wiederzufinden. Plötzlich erschien über mir ein Schatten, ein breiter und dunkler ovaler Fleck, der sich an der Oberfläche bewegte und die Fische verscheuchte.

Als ich wieder auftauchte, nahm ich die Maske ab und sah meinen Bruder in seiner hellen Kleidung, wie er in Richtung des Segelschiffes ruderte, während Lone am Bug als Galionsfigur ihre Hand auf ihren Kopf gelegt hatte, um zu verhindern, dass der Wind den Hut fortwehte. Den Panamahut von Jean. Auf ihrem Kopf.

Ich rieb mir schnell die Lippen mit Meerwasser. Ein hartnäckiger Geruch, süß und salzig zugleich, strömte von meinem Körper aus und vermengte sich nun in meinem Geist mit dem Geruch von Jod, als ob das ganze Meer von Capri plötzlich nach Jeannes Körper roch.

Nach unserer Abfahrt war eine Brise aufgekommen, die unsere Segel wie zwei große Jakobsmuscheln blähte. Capri lag hinter uns, doch man sah noch die Felspfeiler im Süden der Insel.

Lone hatte nichts Schlimmes, eine einfache Bindehautentzündung. Ein Arzt hatte ihr Auge gereinigt und ihr ein Fläschchen mit Tropfen mitgegeben, die sie sich vor dem Schlafengehen ins Auge träufeln sollte.

Außer seinem Panamahut hatte ihr mein Bruder auch eine Sonnenbrille geliehen, in der ich, wenn ich mich im Gespräch ihrem Gesicht näherte, das meine gespiegelt sah. Es spiegelte sich sogar zweimal, in jedem der schwarzen, gewölbten Gläser. Ich vermied es, ihnen zu nahe zu kommen.

Am Nachmittag, als der Wind abgeflaut war, die Segel lose am Mast flatterten und das Boot sich langsam mit Motorkraft auf der ruhigen See voranschob, fragte uns Jeanne, ob wir Lust hätten zu angeln. Mein Bruder hatte ein ziemlich raffiniertes System entwickelt, mit Hilfe einer Holzpalette und einer Nylonschnur, an die er einen Angelhaken und ein olivenförmiges Senkblei gehängt hatte.

Nachdem er die Angelleine am Heck des Bootes abgespult hatte, bat er mich, ihm Bescheid zu sagen, falls ich etwas sähe. Ich ließ also meinen Blick der Schnur folgen, die am Boot losging und weit entfernt eintauchte. Sie war so dünn, dass ich sie regelmäßig aus den Augen verlor. Doch das war eine gute Beschäftigung. Das hielt mich vom Denken ab.

Von Zeit zu Zeit warf mein Bruder einen prüfenden Blick nach hinten, und als die Schnur plötzlich zuckte, sich spannte und vor unseren Augen fast zu vibrieren schien, bat mich Jean, seinen Platz an der Ruderpinne einzunehmen, und er begann, neben mir zu hantieren, indem er hastig die Angelleine um die Palette wickelte und dabei, so gut es ging, den seitlichen Bewegungen des Fisches folgte, dessen silbriger Schatten unter Wasser nach und nach dem Boot näherkam.

Aufgrund seiner länglichen Kopfform und seinem blauschimmernden Rücken hielt ihn Jean am ehesten für einen Bonito. Lone hatte sich die Hand vor den Mund gelegt. Ihr schien ein wenig bange zu sein vor den nervösen Flossenschlägen des Fisches und seinen Zuckungen im Leeren.

Mein Bruder versuchte, den Bonito, der ihm immer wieder aus den Händen glitt, festzuhalten. Er griff sich ein langes Messer und erklärte mir, dass man die Klinge so und so hineinstoßen müsse, um direkt das Hirn zu treffen. Er musste trotzdem mehrmals ansetzen. Der Fisch zappelte weiter, um den verhängnisvollen Augenblick hinauszuzögern, stellte sich aber nicht sehr geschickt dabei an, der Klinge auszuweichen, so dass bereits Blut von seinem Körper tropfte. Jeanne bat meinen Bruder genervt, dem Leiden ein Ende zu setzen, doch der, selbst verärgert über seine Ungeschicklichkeit, erwiderte, dass er tue, was er könne, dass dieser Scheißfisch aber nicht zu zappeln aufhöre, und um das Ganze zu beenden, trennte er ihm mit einem kräftigen Hieb den Kopf ab.

Blut breitete sich im Cockpit aus. Lone hob die Füße. Der kopflose Leib des Bonitos zuckte noch ein wenig, zwei, drei Mal, dann lag er still.

Jean warf den Kopf über Bord. Zumindest werden wir heute Abend etwas zu essen haben, sagte er und fuhr sich über die Stirn. Seine Finger hinterließen dabei auf seinem Gesicht eine rote Blutspur, die ihm ein furchterregendes Aussehen verlieh. Jeanne und ich schauten uns schweigend an. Wir hielten alle vier weiter die Füße vor uns in die Höhe, um nicht in der Lache zu waten, die sich mit den Bewegungen des Bootes hin- und herschwappend über den Boden ausbreitete. Hol einen Eimer, sagte Jean.

Während Jeanne mit viel Wasser das Cockpit abspülte, starrte ich Lone an. Sie war bleich. Sie rührte sich nicht mehr.

Ich konnte selbst nicht begreifen, warum mich der Panamahut auf ihrem Kopf seit unserer Abfahrt von Capri derart irritierte. Ich hatte Lust, ihn ihr wegzunehmen.

Als ich mich ihr näherte, sah ich erneut mein Gesicht in den beiden schwarzen und leicht konvexen Spiegelgläsern der Sonnenbrille.

Ich legte eine Hand auf meinen Kopf.

Die Mütze, sagte ich mir, wo ist sie geblieben?

Mein Bruder war mit angespanntem Gesicht nach vorn zum Bug des Bootes gegangen und schaute auf den Meeresgrund. Er wies Jeanne an, etwas weiter nach rechts oder nach links zu steuern und begleitete seine Worte mit undeutlichen Handbewegungen. Der Motor brummte mit halber Kraft, und man hörte das Plätschern der Wellen, ein kaum merkliches Schnalzen am Schiffsrumpf.

Mein Bruder winkte mich zu ihm aufs Vorschiff. Hier, sagte er, kümmere dich um den Anker. Ich öffnete die Haube, nahm die Kette. Er sah mir dabei zu.

Los, sagte er.

Der Lärm, der beim Entrollen der Kette, dem Herablassen und jähen Eintauchen des Ankers im Meer entstand, störte die Stille der kleinen Bucht. Ich schaute auf das Ufer, das vor uns eine Kehle im steilen Fels bildete, eine steinerne Einbuchtung, in die Wasser und Wind spitze Zacken gemeißelt hatten, mit einigen Büschen hier und da, einer trockenen, von der Sonne versteinerten Vegetation.

Als Jeanne aus der Kajüte kam, warf ich ihr einen fragenden Blick zu. Ich hatte noch keine Möglichkeit gefunden, mich in die Kabine zu begeben, um meine Mütze wieder an mich zu nehmen. Sie verstand nicht und knotete wortlos ihr Strandkleid auf. Sie lief völlig nackt auf dem Laufsteg nach vorn, wo sie eine Relingleine ausklinkte, bevor sie kopfüber ins Wasser sprang. Vor dem Aufprall verschränkten sich ihre Beine. Mein Gesicht bekam ein paar Spritzer ab. Lone und ich blickten ihr schweigend nach, während sie in der grün schimmernden Bucht unter Wasser davonschwamm. Einige Meter weiter tauchte sie mit glänzenden und flach am Kopf anliegenden Haaren wieder auf und stieß einen rauen Laut des Wohlgefühls und der Erleichterung aus.

Den Blick ins Leere gerichtet, kratzte mein Bruder sich die Brust, in einem imaginären Haarbüschel wühlend. Er hatte sich das Gesicht gesäubert, aber ein wenig getrocknetes Blut klebte noch an seiner Schläfe. Ich befürchtete, dass er vor mir in die Kabine hinuntergehen könnte. Gehst du nicht baden?

Nein, nein, sagte er, ich werde einen Blick auf den Motor werfen, er macht ein merkwürdiges Geräusch.

Im Moment hatte ich eher das Gefühl, dass es Lone war, auf die er einen Blick warf. Sie hatte gerade ihr Bikinioberteil aufgehakt und ihr Höschen ausgezogen. Nachdem sie das alles wie etwas Beschämendes zu einem Knäuel zusammengerollt hatte, versteckte sie es unter ihrem Handtuch. Auf ihrer Brust zeichneten sich dort, wo die Haut noch nicht der Sonne ausgesetzt gewesen war, zwei hellere Dreiecke ab. Sie drehte sich um. Auch ihr Po war weiß.

Der Hut, rief Jean, als Lone sich anschickte, über die Badeleiter ins Wasser zu steigen. Sie lachte. Wo hast du nur deinen Kopf, sagte Jean im Scherz, und er schaute mich an mit etwas Spitzbübischem im Blick, das mir Unbehagen bereitete.

Lone war langsam hinuntergestiegen, und über das ganze Gesicht strahlend bewegte sie sich nun mit einer zappelnden Anmut, in Atem gehalten von der Aufregung, im Wasser zu sein, und von der Notwendigkeit, wegen ihres Auges den Kopf über Wasser zu halten. Kommst du?, rief sie. Gleich, sagte ich.

Ich wartete.

Mein Bruder machte unten in der Kajüte Lärm.

Ich näherte mich der Türöffnung.

Was treibst du da?, fragte ich ihn.

Siehst du doch, sagte er, ich hebe die Treppenstufen ab. Darunter ist der Motor.

Ich möchte runter.

Wohin denn?

Ich möchte auf Toilette gehen.

Wenn wir vor Anker liegen, kannst du das sehr gut in den Klippen erledigen. Jeanne und Lone sind ja baden, sagte er. Er erzählte mir etwas von »Schwarzwasser«, was man dann nicht auf dem Boot habe.

Ich verstand es nicht.

Ich hörte ihm nicht mehr zu.

Ich dachte an meine Mütze, die in der Kabine geblieben war.

Jeanne hatte vom Baden einen dicken Seestern mitgebracht, den sie auf ihre Handfläche gelegt hatte. Sie präsentierte ihn uns wie eine Trophäe. Das Tier versuchte mühevoll, seine wurstförmigen, dunkelroten,´ vom Wasser blankpolierten Arme loszubekommen. Lone, eingemummt in ihr Handtuch, war näher gekommen. Mehrmals berührte sie mit dem Finger die zugleich zarten und rauen Kalkstacheln.

Das Tier zog sich zusammen.

Mein Bruder, mit einem Schraubenschlüssel auf den Stachelhäuter zeigend, riet Jeanne, ihn wieder ins Wasser zu setzen.

Er war noch immer nicht schwimmen gewesen. Ich auch nicht. Wir waren beide schweißgebadet. Ich hatte den Eindruck, dass wir uns gegenseitig belauerten.

Seine Finger waren schwarz von Schmiere.

Er hatte meine Hilfe abgelehnt.

Er wischte sich mit dem Handrücken über die Stirn. Nein, sagte Jeanne, und sie nahm den Seestern an ihre Brust. Sie begab sich zum Vordeck, wo sie sich im Schneidersitz hinhockte und von Neuem das Tier streichelte.

Ich hingegen streichelte mit meinem Blick die Fülligkeit ihres alternden Organismus, die sie nicht hässlicher, sondern im Gegenteil noch berührender machte, als sei sie in den letzten Zyklus ihrer Schönheit eingetreten. Dass ich sie schön finden konnte, war ein Zeichen dafür, dass auch ich älter geworden war.

Ich blickte auf Lone. Das Salz bleichte beim Trocknen ganz leicht ihre Haut.

Jeanne hatte sich auf den Rücken gelegt. Der Stachelhäuter lag auf ihrem Bauch und folgte brav dem Auf und Ab ihrer Atembewegungen. In Wirklichkeit bewegte der Seestern sich nicht mehr. Mein Bruder hatte vielleicht Recht. Er war bestimmt schon tot. Wenn er nicht einfach erstarrt war beim Anblick von dem, was gleich einer Art Seeigel weiter unten, unordentlich und wild, das schwarze Büschel von Jeannes Geschlecht bildete.

Mein Bruder kam und setzte sich neben mich, mit seinem Schraubenschlüssel in der Hand. Er lächelte mich an.

Uns geht's gut hier, sagte er.

Ich nickte. Ich hatte große Lust, woanders zu sein. Er jedoch sah sehr zufrieden aus. Uns gegenüber hatte Lone gerade die Augen geschlossen. Sie hatte wieder den Panamahut aufgesetzt und den Kopf in den Nacken zurückgelegt, um die Sonnenstrahlen auf ihrem Gesicht zu genießen. Die Blume in der Vertiefung ihres Bauchnabels glitzerte in der Sonne. Jean lächelte weiter. Ich fragte mich, was er anstarrte, das Piercing oder weiter unten den hellen Flaum, der die besonnten Lippen erblonden ließ.

Jeanne erhob sich plötzlich und warf den See-stern ins Meer, wie sie es mit einem Kieselstein gemacht hätte, um ihn mehrfach auf der Was-seroberfläche aufspringen zu lassen. Sie kam ins Cockpit zurück. Ihr Gesicht war ernst.

Ich kannte dieses Gesicht.

Es war dasselbe.

Dasselbe wie an dem Tag, an dem sie mich ver-lassen hatte.

Ich muss meine Mutter anrufen, sagte sie.

Ich hatte nicht geschlafen. Seit dem Morgengrauen starrte ich auf die kleinen und kleinsten Felswinkel der Bucht, in der wir vor Anker lagen. Ich hatte bemerkt, dass unser Segelboot nachts näher ans Ufer getrieben war.

Unsichtbare Grasmücken pfiffen vor sich hin, stießen schrille, einzelne Noten aus, zaghaftes, einfaches Zwitschern, das sich bald in längere, fröhlichere Phrasen verwandelte, deren Intensität in dem Maße, in dem sie singend aufeinander antworteten, an- und abschwoll. Außer dem Gesang der Vögel störte nichts die Ruhe des anbrechenden Tages in der kleinen Bucht.

Der Himmel war klar, beinahe durchsichtig, mit Nuancen von Blau und Rosa hier und da, diskreten Pastellspuren, die einen neuen, brütendheißen Hochsommertag ankündigten.

Das erschöpfte Meer schlummerte, tief und friedlich, glatt und glänzend. Alles schlief.

Alle schliefen.

Mich an den Wanten festhaltend, rückte ich auf dem Laufsteg behutsam vor. Ich erreichte das Vorschiff, wo die Kabinenhaube aufgeklappt war. Als ich mich vorbeugte, sah ich, wie unten Jean und Jeanne schlafend dalagen. Direkt neben meinem Bruder war gut sichtbar auf dem Laken meine Mütze platziert.

Ich wagte mir nicht vorzustellen, was passieren würde, wenn er aufwachte.

Ich wartete ebenso auf die Rückkehr dieser Mütze, wie ich vor sieben Jahren auf die Rückkehr von Jeanne gewartet hatte. Doch sie war nicht zurückgekommen. Oder vielmehr doch, sie war zurückgekommen, am Arm meines Bruders.

Ich für meinen Teil kehrte zum Heck des Bootes zurück. Ich setzte einen Fuß auf die Badeleiter, während ich mit dem anderen im Wasser hin- und herrührte und dessen Temperatur abzuschätzen versuchte. Am Grund konnte ich sehr deutlich das Bild der Algen sehen, ihre olivbraunen, gewundenen Fransen, die sich von der Strömung liebkosen ließen. Die Leiter war ausgefahren, und die untere, eingetauchte Hälfte schaukelte kraftlos und ruckweise im Meer und quietschte dabei.

Allmählich bedeckte das Wasser meine Knöchel.

Ich zögerte den Moment des Absprungs hinaus, da ich einen Meter entfernt von mir einen schwach rosafarbenen Fleck wahrnahm, der wie ein Korken auf der Oberfläche des Meeres trieb. Mit beiden Händen fest an die Leiter geklammert, versuchte ich, mich so weit vorzurecken, dass ich deutlicher sehen konnte, worum es sich handelte, doch schon war das Ding auf dem Kamm einer kleinen Welle weitergeschwommen. Ein paar Zentimeter vom ersten Fleck entfernt tauchte ein anderer auf, dann ein weiterer, dann noch einer, und als ich begriff, dass ein Dutzend Quallen unser Boot umzingelte, kletterte ich schnell wieder an Bord.

Jean merkte an, dass wir während der Nacht vor Anker getrieben seien. Er rieb sich das Gesicht und zerzauste seine Haare, dehnte sich, verrenkte seinen Oberkörper, streckte die Brust heraus. Dann fragte er mich, ob ich schon baden gewesen sei.

Ja, sagte ich.

Er kratzte sich den Brustkorb und zog eine Grimasse. Es war das erste Mal, dass er vor Jeanne aufstand.

Er wartete einen Augenblick, stand reglos vor der Leiter.

Los, spring.

Hast du das gesehen?, fragte er plötzlich. Was? Da, zeigte er mir. Ich war nähergetreten und tat so, als entdeckte ich gerade erst, worauf er zeigte, die Blasen, die gemächlich an der Oberfläche des Wassers entlangtrieben. Sein Gesicht hatte sich verschlossen. Er leckte sich nervös die Lippen. Das Atmen schien ihm schwerzufallen. Er versuchte, tief Luft zu holen, aber etwas hinderte ihn, es zu Ende zu führen.

Er räusperte sich.

Da sind Quallen, sagte er.

Wo denn?

Da, sagte er.

Die Quallen sausten weiter vor uns entlang, mit kleinen Hüpfern. Ihre opalfarbenen, fast durch-

sichtigen Schirme wurden von sanften Wellen em-
porgehoben. Sie entfernten sich ruckweise, doch
kaum waren sie verschwunden, tauchten sie wieder auf, machten in Wirklichkeit anderen Platz,
Zwillingen der vorigen, in einem ewigen Neu-
beginn. Das Meer war verseucht. Ich schaute auf
die zartrosa Hütchen, die zum Streicheln einzula-
den schienen, aber tatsächlich Artverwandte eines
denkbar widerwärtigen Geleekonfekts waren.

Als ich mich zu meinem Bruder umwandte,
war ich plötzlich bestürzt darüber, wie verbraucht
sein Gesicht aussah. Es war, als ob Salz und Wind
begonnen hätten, es verwittern zu lassen. Er war
in ein Alter gekommen, in dem die Müdigkeit ihn
hässlich machte. Sein scheeler Blick richtete sich
auf nichts mehr. Mit der Zungenspitze schien er
die Haut entfernen zu wollen, die an seinen Lippen hing, und zugleich zog er eine Grimasse, mit
der morgendlichen Sonne im Gesicht. Ich wusste
nicht, worauf er wartete, um mich auf die Mütze
anzusprechen.

Es war ein riesiger Raum mit dem Geruch und der Feuchtigkeit einer Umkleide im Hallenbad. Auf dem weißen, gefliesten Boden schimmerten schmutzige Lachen. Die Sohlen meiner Flip-Flops blieben mit schmatzenden Geräuschen an den feuchten Fliesen kleben.

Instinktiv lenkte ich meine Schritte zu den Waschbecken, über denen sich ein langer, rechteckiger Spiegel befand. Ich erkannte mich darin nicht auf Anhieb.

Ich war die letzte Person, die ich zu sehen wünschte.

Auf meinen Wangen waren Stoppeln gewachsen.

Ich nahm meine Mütze ab und fuhr mir durchs Haar.

Ich ähnelte Jean.

Ein leises Metallgeräusch war hinter mir zu hören. Es war das Klicken eines Riegels. Ich war nicht allein. Jemand war vor mir gekommen und wollte nun in einer der fünf Kabinen duschen. Es war die zweite von links, wie ich anhand eines über der Tür hängenden Handtuchzipfels feststellte.

Ich hörte jetzt das Wasser fließen, ein Wasserschwall nach dem anderen, der in einer Wolke aus Dampf regelmäßig auf den Boden klatschte. Ich hatte das über der Tür hängende rote Handtuch erkannt. Es war das von Jeanne. Hätten wir ein geheimes Treffen organisieren müssen, wären wir nicht anders vorgegangen. Ich hatte Lust, mit ihr zu reden. Ich hatte Lust, sie zu sehen, allein. Sie vielleicht in meine Arme zu nehmen. Sie zu fragen, warum sie damals, im Juni, zurückzukommen versuchte, und warum sie heute noch wiederkam. Und dann wieder wegging. Ich wusste nicht mehr weiter. War sie es, die die Mütze auf mein Bett gelegt hatte?

Als das Wasser zu fließen aufhörte, ging ich zur Duschkabine und klopfte an, um zu ihr hereinzukommen. Die Tür öffnete sich, und heraus trat eine korpulente Dame in einteiligem Badeanzug mit von der Hitze puterrot leuchtendem Gesicht. Sie musterte mich misstrauisch und steuerte dann auf den Spiegel zu, eine Waschtasche in der Hand, die sie auf dem Waschbeckenrand abstellte und aus der sie einen Kamm herausholte, mit dem sie sich mehrfach durch die Haare fuhr, um sie auszukämmen. Ich fragte mich, ob diese Frau früher einmal schön gewesen war. Und ob Jeanne eines Tages auch diese grässlichen Falten und Wülste in ihrem Gewebe haben würde, diese schlaffen Arme, diese aufgedunsenen Pobacken, die zwei breiten, bebenden, mit Wasser vollgesogenen Schwämmen glichen und bei denen an verschiedenen Stellen die Zellulitis kleine zerknautschte Dellen hinterließ.

Wir waren am Vormittag im Hafen von Agropoli angekommen. Seit dem Vortag war mein Bruder beunruhigt wegen des Motors, der ihm zufolge eine gründlichere Inspektion benötigte. Vorsichtshalber hatte er es vorgezogen, einen Stopp einzulegen. Außerdem sei, hatte er ergänzt, unsicheres Wetter vorhergesagt. Jeanne wollte den Halt dazu nutzen, ihr Telefon wieder aufzuladen. Was mich betrifft, so war ich nicht unglücklich darüber, wieder festen Boden unter den Füßen zu haben.

Nach dem Mittagessen brach ich mit Lone zu einem Spaziergang auf. Unsere Schritte auf dem Asphalt waren noch etwas schwankend von der Bewegung der Wellen.

Wir liefen am Strand entlang, wo Urlauber und Einheimische trotz der sich am Himmel auftürmenden Wolken begannen, sich im Sand niederzulassen. Wir erreichten den unteren Teil der Stadt, schlenderten im Netz der Geschäftsstraßen entlang. Wir liefen beide Seite an Seite, flanierten, ohne miteinander zu sprechen, sogar ohne uns anzuschauen, freudlos an den Souvenirläden und den Geschäften für Elektrogeräte vorbei.

Lone blieb plötzlich stehen und teilte mir ihren Wunsch mit, an ihre Eltern zu schreiben. Wir standen vor einem Metalldrehständer und sahen uns die zum Verkauf angebotenen bunten Postkarten an. Lone wählte sehr rasch drei oder vier von ihnen aus. Die hier? Ich kam näher, um die Postkarte anzuschauen, die sie mir zeigte. Es war eine Ansicht von Agropoli bei Nacht. Das ist gut, sagte ich. Ich liebte Jeanne nicht mehr, trotzdem empfand ich weiterhin eine Art gefühlsmäßige

Bindung an die Liebe, die ich früher einmal verspürt hatte. In den sieben Jahren, in denen sie mit meinem Bruder lebte, hatte ich gelernt, mit dieser Vorstellung zu leben. Der Vorstellung, dass es zwei Jeannes gab.

Wir bogen ziellos hier und da in Straßen ein und gelangten zu einem mittelalterlichen Tor, das die Grenze zum historischen Teil von Agropoli markierte. Unmittelbar nach diesem Tor erhob sich ganz nah am Abhang der Steilküste eine Kirche mit blassgelber Fassade. Der Kirchenvorplatz war ein Vorsprung hoch über dem Meer.

Am höchsten Punkt des Städtchens stand eine Burg, eine steinerne Festung mit Schießscharten und Türmen sowie einigen moderneren Anbauten aus Glas und Stahl. Das Ganze zeigte hier und da Spuren einer dezenten Abnutzung, einer langsamen Erosion.

Lone stütze ihre Ellbogen auf die Brüstung und suchte unser Segelboot. Sie zeigte schließlich mit dem Finger auf eines ganz da unten und versicherte mir, dieses winzige weiße Dreieck sei unser Boot. Mag sein, sagte ich. Warum hast du es mir nicht gesagt?, fragte sie mich. Ich blieb still. Warum hast du mir nicht gesagt, dass du Jeanne früher einmal geliebt hast?

Von dort, wo wir standen, erschien das Meer unendlich.

Hat Jean es dir gesagt?

Was ändert das?

Ich weiß nicht, sagte ich.

Ich werde weggehen, sagte sie.

Wohin denn?

Nach Hause, sagte sie.

Nach Paris?

Nein, nach Hause, und mit einer Hand hielt sie den Hut fest, der beinahe fortgeflogen wäre.

Mein Bruder schaute gerade einem Handtuch beim Trocknen zu. Er sah ausgezehrt aus, als ob er seit Monaten nicht geschlafen hätte. Und?, fragte er mich, aus seiner Träumerei hochschreckend und sich am Bauch kratzend. Tja, sagte ich, und mit einem Satz war ich zurück bei ihm auf dem Boot. Wortlos schauten wir uns an.

Weil er seine Lippen geleckt hatte, waren sie sehr rot geworden und schimmerten, beinahe wie glasiert. Er erschien mir verletzlich. Wir haben ein richtiges Problem mit dem Motor, sagte er. Ich fragte mich, was das zu bedeuten hatte. Ich fragte mich, ob wir nun umkehren müssten. Ich dachte an seine Weltreisepläne.

Wir werden irgendwo ein Ersatzteil auftreiben müssen, sagte er. Eine Dichtung, ergänzte er. Eine Art Dichtung. Er ließ seine Informationen tröpfchenweise durchsickern. Ich ergriff die Hand, die Lone mir entgegenstreckte, um ihr an Bord zu helfen.

Es zieht sich zu, sagte ich.

Wir hoben alle drei den Kopf. Ja, sagte Jean, es wird regnen.

Jeanne traf kurz darauf ein, ihre Waschtasche in der Hand, ihr rotes Handtuch über der Schulter. Sie kam von den Duschen im Hafen zurück. Lone reichte ihr die Hand, um ihr zu uns heraufzuhelfen. Und?, fragte sie. Jean erklärte ihr die Sache mit der Dichtung. Ich betrachtete das T-Shirt in der Farbe von verkochtem Lachs, das sie trug, auf dessen Vorderseite in fetten schwarzen Buchstaben aus Flockvelours die Inschrift TOO YOUNG TO DIE zu lesen war. Ich kannte dieses T-Shirt. Ich war es, der es ihr geschenkt hatte.

Am Nachmittag heiterte es kurz auf, und Jeanne entfernte sich wortlos vom Boot in Richtung Hafenmeisterei. Ich stellte mir vor, dass sie versuchen würde, ihre Mutter anzurufen, von der sie seit dem Vortag keine Neuigkeiten hatte. Ich gab vor, Zigaretten kaufen zu gehen.

Ich folgte ihr.

Ich sah sie am Ausgang des Hafens mit einem Mann reden. Abrupt blieb ich stehen. Sie sprach lächelnd, als ob sie ihn kannte. Dann wies ihr der Mann den Weg in Richtung Stadt.

Jeanne hatte mich nicht gesehen.

Ich folgte ihr weiter mit Abstand. Sie lief, ohne sich umzudrehen. Sie bewegte sich mit entschlossenem Schritt voran. Ich wusste nicht, warum ich ihr eigentlich folgte, oder vielmehr wusste ich nicht, warum ich ein Geheimnis daraus machte, ihr zu folgen, ich hätte sie ganz einfach rufen können, ihr sagen, sie solle auf mich warten. Doch es war etwas anderes. Auch dieses Mal sah ich ihr beim Weggehen zu.

Nachdem sie den allmählich leerer werdenden Strand hinter sich gelassen hatte, stieg sie rasch die

Treppen zu dem Platz mit dem Brunnen hinauf, den Lone und ich ein paar Stunden zuvor überquert hatten, dann bog sie in die Fußgängerzone ein. Ich folgte ihr vorsichtig, gut zehn Meter zwischen uns lassend. Sie lief bewusst und entschlossen, mit einem Schritt, der annehmen ließ, dass sie wusste, wohin sie ging, dass sie vielleicht ein Rendezvous hatte, doch mit wem, es schien unmöglich, dass sie hier in Agropoli jemanden kannte. Vorbei am Ehrenmal für die Gefallenen, linkerhand ein Steinmäuerchen, das hinter dem Gestrüpp auf einer Brachfläche zu erahnen war, und ich fragte mich, ob ich ihr schon einmal so gefolgt war. Mir kam es nicht so vor, allerdings war mir bewusst, dass ich dazu imstande gewesen wäre, dass Jeanne mich damals hätte dazu bringen können, ihr so zu folgen, wie ich es gerade tat, um herauszufinden, wohin sie ging, und vielleicht, sagte ich mir, hättest du ihr schon von Beginn eurer Geschichte an folgen sollen, he, das hätte dir einiges erspart, sagte ich mir, während wir uns allmählich dem mittelalterlichen Tor näherten.

Mir war heiß, die Luft war schwül.

Was würde ich ihr sagen, wenn sie sich umdrehte? Meine Anwesenheit war unerklärlich, unentschuldbar, ich folgte ihr, eifersüchtig, ohne verliebt zu sein. Ich sah sie den Platz überqueren und die Kirche betreten.

Ich wartete auf dem Vorplatz, als würde ich das Gebäude zum ersten Mal entdecken und mich als Kenner für seine Architektur interessieren. In Wahrheit war ich nicht einmal imstande zu sagen, welchem Stil man die Kirche zuordnen konnte, vielleicht dem romanischen. Ich trat zurück, um die Inschrift am Frontgiebel zu lesen – Ave Maris Stella –, dann entschloss ich mich, zögernd, mit der Mütze in der Hand, die Chiesa Santa Maria di Constantinopoli zu betreten.

In ihrem Inneren war es ruhig und kühl. Das Kirchenschiff war schmal, mit zwei getrennten Bankreihen, und auf einer von ihnen saß Jeanne, mir den Rücken zuwendend und leicht gekrümmt, als würde sie beten. Ich hielt die Luft an, wartete.

Dann verließ ich sehr schnell die Kirche.

Die Luft war feucht.

Das Gewitter kam näher.

Es wird regnen, sagte ich, als ich wieder zurück auf dem Boot war.

Hinter den Hügeln grollte der Himmel.

Der Wind war auf einmal heftig aufgefrischt. Man hörte jetzt das Klappern des Tauwerks, das gegen die Masten geweht wurde, eine unstrukturierte, metallische Musik, die die Luft erfüllte. Einige bisher unauffällige, lässige Freizeitsegler ließen sich nun von der fieberhaften Unruhe auf der Mole erfassen. Ich betrachtete das geschäftige Kommen und Gehen der Leute, die ihre Wagen nahe am Deich geparkt hatten, ein großes Getöse von zuschlagenden Motorhauben und Autotüren unter dem stürmischen Himmel.

Um die Boote herum wurde nach Kräften verstaut, geknotet, festgezurrt, geprüft und gesichert, und die Gesichter hoben sich immer wieder, Ausschau haltend nach einem Lichtblick, der nicht kam, hoffnungslos hoffend auf eine Wetterberuhigung.

Der Himmel hatte sich mit dicken, schwarzen Wolken aufgebläht. Das Licht der Blitze durchzog ihn regelmäßig mit feinen Rissen. Jenseits des Deiches prallten die Wellen auf die Felsen. Die Wimpel und Flaggen schlugen flatternd um sich, als wollten sie vor dem Gewitter fliehen. Obwohl die Boote fest vertäut waren, begannen sie im Hafen auf- und abzuwogen.

Ich fragte mich, was Jeanne tat, worauf sie wartete, um zurückzukommen. Wenn sie sich zu viel Zeit ließ, würde sie unvermeidlich ins Gewitter geraten.

Mein Bruder kam aus der Kajüte und wollte wissen, ob ich Jeanne gesehen hätte. Nein, sagte ich.

Scheiße.

Was ist los?

Er hielt sein Telefon in der Hand. Ihre Mutter, sagte er. Er blieb einen Moment vor uns stehen, wortlos, verstört. Auch ich sagte nichts. Ich überlegte nicht. Wieder zu sich kommend, wählte er sogleich eine Telefonnummer und hob das Telefon an sein Ohr. Er wartete, während Lone ihn wie gelähmt anstarrte. Mir wurde gerade ganz langsam bewusst, was die soeben von ihm gesagten Worte bedeuteten, als in der Kajüte etwas zu vibrieren begann. Wir sahen uns alle drei an und näherten uns der Türöffnung. Auf dem Kartentisch lag Jeannes Mobiltelefon mit leuchtendem Display und ruckte bei jeder Vibration. Sie hatte es nicht mitgenommen, was bedeutete, dass sie noch nichts vom Tod ihrer Mutter wusste und dass folglich wir es waren, die es ihr würden verkünden müssen. Ich hob den Kopf. Ich hatte gerade einen ersten Tropfen abbekommen.

Schnell, rief Jean, die Bullaugen müssen geschlossen werden, doch bald schon hörte man ein lautes Tosen, den heftigen Lärm des Regens, der auf den Asphalt der Mole fiel, dichte Tropfen, die sich prasselnd ins Meer bohrten. Wir blieben einen

Augenblick benommen stehen. Das Boot wippte auf und ab. Mein Bruder lief hinunter in die Kajüte, während Lone und ich auf den Kai stiegen, ein wenig zögernd, ob wir Jeanne entgegengehen oder uns unterstellen sollten. Nachdem Jean das Boot abgeschlossen hatte, kam er zu uns auf die schwarze Mole, über die dichte Nebelschwaden trieben. Lone nahm meine Hand, und zu dritt liefen wir los in Richtung Hafenamt. Es regnete ununterbrochen, ich fühlte die Schwalle warmen Regens, die der Wind mir direkt ins Gesicht wehte, so heftig, dass ich von Zeit zu Zeit die Augen schloss. Ich fragte mich, was unserer Segelfahrt ein Ende bereiten würde, die Motorpanne, das Gewitter oder der Tod von Jeannes Mutter. Oder aber die Abreise von Lone. Ich fragte mich, ob ich ihr folgen sollte. Sicher war, dass unsere Kreuzfahrt hier zu Ende gehen würde, dass sie sogar gerade jetzt vor unseren Augen endete. Ich dachte an Jeanne. Sie musste in der Kirche im Sicheren sein. Ich glaube, dass ich darüber eine gewisse Erleichterung empfand.

Mein Hut!

Wir drehten uns alle drei um und sahen, wie der Panamahut bereits weit entfernt von uns einsam im Wind wirbelte und in Richtung Meer davonflog.

Die Tür öffnete sich und machte Platz für das strahlende Gesicht von Jeanne. Willkommen, sagte sie.

Mein Bruder und sie waren vor einer Woche nach Montreuil gezogen. Da wir uns seit der Beisetzung, die Ende August in Saint-Venant stattgefunden hatte, nicht mehr wiedergesehen hatten, pendelte die Konversation sehr bald zwischen ihrem neuen Leben hier außerhalb von Paris und dem Tod von Jeannes Mutter hin und her. Wir kamen auch mit ein paar Worten auf Lone zu sprechen. Ich erzählte ihnen, dass sie nach Flekkefjord zurückgekehrt war. Das war kein Mädchen für dich, lautete Jeannes Resümee. Ich fragte mich, was das wohl hieß, ein Mädchen für mich.

Als wir uns zu Tisch begaben, vertraute sie mir an, dass sie und ihre Schwestern sich viel um ihren Vater kümmerten, abwechselnd die Strecke zwischen Paris und Saint-Venant zurücklegten, was an ihren Kräften zehrte, ihnen aber zugleich eine Art emotionale Mission gab, die ihnen half, diese harte Prüfung zu überstehen. Sie erwähnte zwei oder drei Dinge, die sie erfahren hatte, womit sie insbesondere auf ein Heft anspielte, das sie beim Durchstöbern der Sachen im Schreibtisch ihrer Mutter entdeckt hatte, ohne allerdings mehr darüber zu erzählen. Trotz dieser vertraulichen Mitteilung, oder gerade eben, weil sie die Wahrheit nur andeutete, spürte ich, dass ich endgültig aus ihrem Leben herausgetreten war. Ich hatte das bereits am Tag der Beerdigung empfunden, als ich sie hinter dem Leichenwagen hergehen sah, während mein Bruder an ihrer Seite war und sie tröstete. Ihr neues Haus kam mir vor wie ein neutraler Rahmen. Und Jeanne wirkte besänftigt. Wir alle drei starteten auf neuen Grundlagen einen Neuanfang. Nun gut, sagte plötzlich mein Bruder, um das Thema zu wechseln, wir müssen wacker mit dem Bug voranfahren, und er verkündete mir ohne weitere Umschweife, dass Jeanne schwanger war.

Ich gratulierte nicht einmal, sondern fragte sie eilig, im wievielten Monat. Im zweiten, antwortete Jeanne sofort.

Zweiter Monat, wiederholte ich.

Ja, sagte mein Bruder.

Das sieht nicht so aus, sagte er, als ob du dich, doch, doch, rief ich ihm zu, als er mit einer Champagnerflasche und drei Gläsern, die er schon vor meiner Ankunft bereitgestellt haben musste, aus der Küche zurückkam. Ein Schlückchen, sagte Jeanne, während sie ihre Hand über ihr Glas hielt. Aber wann ist denn der Termin?, fragte ich sie, kaum dass unsere Champagnerkelche mitten über dem Tisch klirrend aufeinandergetroffen waren. Um den Mai herum, fuhr er fort, mit dem Blick Jeannes Zustimmung suchend. Ein Stier, gab sie als Antwort zurück, sogleich anmerkend, dass Jean lieber ein Mädchen hätte. Wenn ich die Wahl habe, bestätigte er, bevor er nuancierte, dass es ihm im Grunde egal sei, ob Junge oder Mädchen, und nervös begann ich zu lachen, während ich an den Tag zurückdachte, an dem er mich mit Jeanne auf dem Boot alleingelassen hatte, sie mir gewissermaßen anvertrauend, ja, ich lachte mit meinem Champagnerkelch in der Hand, dachte zurück an jenen Nachmittag, an dem ich glaubte, mit meiner Jeanne Liebe zu machen, doch nun klärte sich alles auf, ich sah sie wieder vor mir, seine Jeanne, wie sie in der Kirche saß, ihren Rücken andächtig gebeugt, den Blick gesenkt und die Hände gefaltet, ich sah sie wieder und wusste auf einmal, was sie erbat, welches Gebet sie sandte, denn alle Welt wusste, dass mein Bruder, wenn kein Wunder geschah, keine Kinder haben konnte.

Cool, sagte ich.

 **Vincent Almendros**, 1978 in Avignon geboren, lebt und schreibt in Paris. Sein zweiter Roman *Ein Sommer* wurde 2015 mit dem Prix Françoise Sagan ausgezeichnet, als »schönster Roman des Frühlings«.

Kurze Romane im roten Kleid

Stefano Benni   Die Pantherin   *Roman*

Die Pantherin: eine junge Frau, eine geheimnisvolle Spielerin im Halbdunkel des Billardsaals. Was bedeutet ihr Spiel? Gibt es den einen Moment, in dem sich alles entscheidet? Und wenn ja, wie meistert man ihn?

Aus dem Italienischen von Mirjam Bitter
SVLTO. Rotes Leinen. Fadengeheftet. 96 Seiten

Tania Blixen   Die Straßen um Pisa

Die Übernachtung in einem Gasthof nahe Pisa wird für einen jungen Grafen zu einem kleinen Abenteuer: Allmählich wird ihm klar, wie viele der hier Versammelten Komödie spielen und in diverse Eklats verwickelt sind.

Aus dem Englischen von Martin Lang
Mit einem Nachwort von Jürg Glauser
SVLTO. Rotes Leinen. Fadengeheftet. 84 Seiten

Michèle Desbordes   Die Bitte
Eine Geschichte

Die Geschichte einer merkwürdigen Beziehung im 16. Jahrhundert. Zwischen einer einfachen Frau und einem berühmten Mann, am Ende ihrer beider Leben, am Ufer der Loire. Ein behutsamer Roman, konzentriert wie eine Zeichnung nach der Natur.

Aus dem Französischen von Barbara Heber-Schärer
SVLTO. Rotes Leinen. Fadengeheftet. 120 Seiten

Pablo d'Ors   Die Wanderjahre des August Zollinger   *Roman*

Bücher ohne Leben gibt es nicht. Man muss gelebt und gelitten haben, bevor man Bücher macht: Pablo d'Ors entführt den Leser in die zauberhafte Welt des Buchdruckers August Zollinger, der in der Fremde seine Bestimmung findet.

Aus dem Spanischen von Enno Petermann
SVLTO. Rotes Leinen. Fadengeheftet. 144 Seiten

Kurze Romane im roten Kleid

Marcello Fois Schwestern
Die alte Geschichte

Schwestern: lange nicht gesehen, sofort wieder miteinander gestritten. Auch diesmal, beim ersten Treffen nach dem Tod des Vaters, geben die Zwillinge Alessandra und Marinella keinen Millimeter ihres Terrains preis.

Aus dem Italienischen von Esther Hansen
SVLTO. Rotes Leinen. Fadengeheftet. 144 Seiten

Graham Greene Verleihe niemals deinen Mann
Roman

Liebe gehört nicht zu den gängigen Merkmalen einer Ehe! Nach dem großen Erfolg von »Heirate nie in Monte Carlo« nun die Fortsetzung: Denn auf jede Eheschließung folgen die Flitterwochen, und die sind nicht minder gefährlich …

Aus dem Englischen von Walther Puchwein und Hilde Spiel
SVLTO. Rotes Leinen. Fadengeheftet. 104 Seiten

Antonio Manetti   Die Novelle vom dicken Holzschnitzer

An der Geschichte des dicken Holzschnitzers zeigt sich, auf welch schwachen Beinen ein Ich steht und wie schnell es seinem Besitzer abhandenkommen kann. Eine der großen komischen Novellen der italienischen Literatur.

Aus dem Italienischen von Marianne Schneider
SVLTO. Rotes Leinen. Fadengeheftet. 96 Seiten

Sergio Pitol Eheleben

Das Eheleben von Jacqueline und Nicolás ist ein Feuerwerk an misslungenen Morden. Eine Geschichte über Geld, Liebhaber, Älterwerden und andere Überlebensfragen.

Aus dem mexikanischen Spanisch von Petra Strien
Mit einem Nachwort von Antonio Tabucchi
SVLTO. Rotes Leinen. Fadengeheftet. 144 Seiten

Littérature française

Julia Deck Viviane Élisabeth Fauville *Roman*

Ein Mord ist geschehen. Viviane Élisabeth Fauville sieht sich selbst, wie von fremder Hand geführt, durch Paris irren. Die Hinweise verdichten sich, es scheint nur eine Frage der Zeit. Dieser flirrende Roman zeigt eindrucksvoll, wie weit eine Frau zu gehen bereit ist, die alles verloren glaubt.

Aus dem Französischen von Anne Weber
Quart*buch*. Gebunden mit Schutzumschlag. 144 Seiten

Julia Deck Winterdreieck *Roman*

Mademoiselle will nicht mehr arbeiten. Mademoiselle hat Schulden. Das Leben wäre so viel einfacher unter einem neuen Namen. Den borgt sie sich aus, sie erschleicht sich eine neue Garderobe und kommt schließlich auf die günstigste Lösung: einen Mann!

Aus dem Französischen von Antje Peter
Quart*buch*. Gebunden mit Schutzumschlag. 144 Seiten

Albena Dimitrova Wiedersehen in Paris
Roman

Alba ist viel zu jung für Guéo, der außerdem verheiratet ist und für die Regierung arbeitet. In den letzten Jahren des Kommunismus beginnt in der bulgarischen Hauptstadt Sofia und am Schwarzen Meer eine gefährliche, leidenschaftliche Liebesgeschichte.

Aus dem Französischen von Nicola Denis
Quart*buch*. Gebunden mit Schutzumschlag. 192 Seiten

Saphia Azzeddine Mein Vater ist Putzfrau
Roman

Was macht ein vierzehnjähriger Pariser Vorstadtjunge aus prekären Verhältnissen abends in der Bibliothek? Er hilft seinem Vater, der den Lebensunterhalt der Familie als Putzkraft verdient, und wischt Staub von den Büchern.

Aus dem Französischen von Birgit Leib
WAT 761. 128 Seiten

Littérature française

Emmanuelle Pagano
Die Haarschublade *Roman*

Ein kleiner Ort im Süden Frankreichs. Fünfter Stock. Eine
sehr junge Frau mit zwei Kindern. Ein alltägliches, kein
gewöhnliches Leben. Emmanuelle Pagano erzählt die Geschichte einer unerwiderten, unerwiderbaren Liebe.

Aus dem Französischen von Nathalie Mälzer-Semlinger
Quart*buch*. Gebunden mit Schutzumschlag. 144 Seiten

Judith Perrignon Kümmernisse *Roman*

Ein intensiver Debütroman, der buchstäblich von der Suche nach Vater und Mutter handelt, von Erinnerungen
und der Möglichkeit einer einzigen großen Liebe.

Aus dem Französischen von Karin Uttendörfer
Quart*buch*. Gebunden mit Schutzumschlag. 192 Seiten

Jacques Roubaud Der Verwilderte Park

Die letzten Sommertage sind voller Licht und doch wird
es kälter.»Jacques« hat seinen richtigen Vornamen abgelegt, Doras Pianisten-Onkel mag nicht mehr spielen, das
Wasserbecken im Park ist leer. Ein zärtlicher Text über
glückliche Tage und über das Warten.

Aus dem Französischen von Tobias Scheffel
Quart*buch*. Gebunden mit Schutzumschlag. 128 Seiten

Tanguy Viel Unverdächtig *Roman*

Tanguy Viel erzählt virtuos von einer bodenlosen Gemein-
heit. Er hypnotisiert seine Leser und legt sie dabei in aller
Ruhe aufs Kreuz. Ein großes Talent aus Frankreich!

Aus dem Französischen von Hinrich Schmidt-Henkel
Quart*buch*. Gebunden mit Schutzumschlag. 128 Seiten

Irina Teodorescu Der Fluch des schnauzbärtigen Banditen *Roman*

Wer sich auf unlautere Weise bereichert, muss mit Konsequenzen rechnen … Das hat der Urahn der Marinescus jedoch versäumt, und so liegt seit seiner Untat auf der ganzen Sippe der böse Fluch des schnauzbärtigen Banditen. Eine galoppierende rumänische Familiensaga.

Aus dem Französischen von Birgit Leib
Quart*buch*. Klappenbroschur. 144 Seiten

Tanguy Viel Paris – Brest *Roman*

Nicht immer sind Familien Orte der Geborgenheit und Liebe … Dieser Roman von Tanguy Viel handelt von einer bretonischen Sippe, in der keiner keinem traut. Und zwar aus gutem Grund. Ein meisterhafter, burlesker Familienkrimi.

Aus dem Französischen von Hinrich Schmidt-Henkel
Quart*buch*. Gebunden mit Schutzumschlag. 144 Seiten

Ryad Assani-Razaki Iman *Roman*

Ein hochaktueller, aufwühlender Roman über das Leben dreier Straßenkinder in Afrika. Ein Buch über Freundschaft und Liebe, Hass und Verrat. Assani-Razaki zeigt unvergesslich, was Menschen dazu bewegen kann, alles hinter sich zu lassen und ihr Leben einem Boot zu überantworten, mit Kurs auf Europa.

Aus dem Französischen von Sonja Finck
WAT 750. 320 Seiten

Wenn Sie mehr über den Verlag und seine Bücher wissen möchten, schreiben Sie uns eine Postkarte oder elektronische Nachricht (mit Anschrift und E-Mail). Wir informieren Sie dann regelmäßig über unser Programm und unsere Veranstaltungen.

Verlag Klaus Wagenbach   Emser Straße 40/41   10719 Berlin
www.wagenbach.de   vertrieb@wagenbach.de

Ein Sommer erschien im Frühjahr 2017 als 225. *SVLTO*,
die französische Originalausgabe 2015 unter dem Titel
Un été bei Les Éditions de Minuit in Paris.

Dieses Buch wird herausgegeben im Rahmen des
Förderprogramms des Institut français.

Wir bedanken uns herzlich bei **Kösel** (Druck und Bindung, zum Jubiläum mit rotem Faden), bei den Papier-
lieferanten **Cordier** (Innenteil) und **peyer graphic**
(Vorsatz) und bei **Gebr. Schabert / van Heek Textiles**
(im Wagenbach-Rot gefärbtes Leinen) für gleichbleiben-
de, höchste Qualität und die jahrelange, freundliche
Zusammenarbeit.

3. Auflage 2017

ISBN 978 3 8031 1324 5